CHAMBRE DE COMMERCE DE BOULOGNE-SUR-MER

PROJET

D'UN

NOUVEAU PORT

A CONSTRUIRE EN EAU PROFONDE,

Au Sud-Ouest du Port actuel de Boulogne,

POUR LE SERVICE DES RELATIONS INTERNATIONALES.

NOTICE

SUR CETTE ENTREPRISE,

Extraite en partie d'un *Rapport* fait à la Chambre
le 5 Décembre 1873, en partie de *Documents nouveaux ;*

SUIVIE DES DÉLIBÉRATIONS

DE LA CHAMBRE,
DU CONSEIL MUNICIPAL,
DU COMITÉ DES ARMATEURS DE PÊCHE,
DE LA COMMISSION D'ENQUÊTE,
DE LA CHAMBRE DE COMMERCE DE DOUAI,

ET ACCOMPAGNÉE D'UN PLAN

BOULOGNE-SUR-MER

IMPRIMERIE TYPOGRAPHIQUE & LITHOGRAPHIQUE SIMONNAIRE & Cie
5, Rue des Religieuses-Anglaises, 5

Mars 1874.

CHAMBRE DE COMMERCE DE BOULOGNE-SUR-MER

PROJET

D'UN

NOUVEAU PORT

A CONSTRUIRE EN EAU PROFONDE,

Au Sud-Ouest du Port actuel de Boulogne,

POUR LE SERVICE DES RELATIONS INTERNATIONALES.

NOTICE

SUR CETTE ENTREPRISE,

Extraite en partie d'un *Rapport* fait à la Chambre
le 5 Décembre 1873, en partie de *Documents nouveaux ;*

SUIVIE DES DÉLIBÉRATIONS

DE LA CHAMBRE,

DU CONSEIL MUNICIPAL,

DU COMITÉ DES ARMATEURS DE PÊCHE,

DE LA COMMISSION D'ENQUÊTE,

DE LA CHAMBRE DE COMMERCE DE DOUAI,

ET ACCOMPAGNÉE D'UN PLAN

BOULOGNE-SUR-MER

IMPRIMERIE TYPOGRAPHIQUE & LITHOGRAPHIQUE SIMONNAIRE & Cie

5, Rue des Religieuses-Anglaises, 5

Mars 1874.

Dans l'état actuel du commerce maritime et des relations internationales, la création, dans les eaux de Boulogne, à l'entrée du détroit, d'un nouveau port, accessible à de grands paquebots à toutes les heures et dans tous les états de la marée, est aussi nécessaire à notre avenir que l'était, en 1844, la création du chemin de fer de Boulogne à Amiens.

Ce port est désormais le complément indispensable de la ligne.

Si nous n'en obtenons pas la concession, tout ce que celle-ci nous a valu disparaîtra dans peu d'années, pour ne nous en laisser que l'amer souvenir.

C'est parce que la Chambre de Commerce a cette conviction ; c'est aussi parce qu'elle se rend bien compte de ce que vaut, pour le succès d'une telle œuvre, une puissante opinion publique, qu'elle a fait imprimer à très grand nombre d'exemplaires, et qu'elle met entre les mains de tout le monde le recueil des *Documents officiels* qu'a produits l'enquête récemment ouverte sur ce projet.

Elle le fait précéder d'une *Notice* dans laquelle sont relatés les faits qu'il est utile de connaître.

Ce qu'elle confie ainsi à toutes les intelligences, à tous les bons vouloirs, au patriotisme de chacun, ce n'est rien moins que le salut de notre Cité.

Mars 1874.

PROJET DE CRÉATION
D'UN NOUVEAU PORT
EN EAU PROFONDE,
AU SUD-OUEST DU PORT ACTUEL DE BOULOGNE,

pour le service des relations internationales.

NOTICE

I. *Faits antérieurs à la demande en concession.*

L'idée de transformer Boulogne et Calais, en ports méditerranéens, n'asséchant jamais, et dotés de la faculté de recevoir des navires de fort tonnage à toutes les heures et dans tous les états de la marée est assez ancienne. Elle est de beaucoup antérieure à l'établissement des chemins de fer, qui, en provoquant un développement inouï des relations internationales, devaient seuls en rendre indispensable l'application.

Elle n'a cependant profondément pénétré dans les esprits que le jour où, en 1869, Boulogne et Calais se virent *à l'improviste, et sans que le plus léger indice eût pu les y préparer,* bien gravement menacés dans leur existence par la conception d'un nouveau port que les frères Waring demandaient à créer à Audresselles, et qui devait, selon leur programme, posséder cet avantage d'une perpétuelle accessibilité. De cet instant l'on comprit que l'avenir des deux ports anciens du détroit, si misérablement laissés dans une situation qui les rend tout-à-fait impropres au rôle que l'époque présente leur assigne, était à la merci de la première spéculation, un instant heureuse, pour incertains que fussent, d'ailleurs, sa valeur propre et son succès définitif.

Il fallait à tout prix éloigner ce danger ! C'était notre droit. C'était plus encore notre devoir envers ceux qui viendront après nous ! Toutes les intelligences s'armèrent donc contre cette entreprise malheureuse, en ce sens, surtout, qu'elle aboutissait à déposséder *sans utilité*, et par conséquent *injustement*, des villes importantes, *Boulogne* et *Calais ;* à laquelle il faut ajouter *Saint-Pierre* qui, suivant la remarque si juste de M. le Ministre DESSELLIGNY — *Discours de Bordeaux*, — dans bien peu d'années ne s'en distinguera plus. Ce sont là des centres de population qui représentent aujourd'hui 80,000 habitants. Ils en auront bien près de 100,000 avant qu'un nouveau quart de siècle se soit écoulé, pour peu que le Gouvernement, à qui cela ne doit rien coûter, vienne en aide à leurs efforts.

Ce projet, grâce à l'énergie de nos protestations, sembla momentanément écarté, malgré la puissance des protections que lui avait ralliées une pensée patriotique peut-être, mais compromise, de l'avis de tous les marins pratiques du détroit, par le choix d'un point fort dangereux du littoral.

Il était dans sa destinée de renaître pour nous inquiéter de nouveau, comme il s'était révélé, sans que rien l'annonçât ; mais le temps fort long pendant lequel il est demeuré comme enseveli devait nous permettre de nous reconnaître, et de produire à notre tour, en faveur de notre port, un plan sérieux dans sa conception, — s'appuyant sur des voies et moyens aisément réalisables, — accepté par de puissants inté-

ressés, — et digne, en un mot, du but que se sont
proposé les hommes qui en ont eu la pensée.

Ce n'était pas tout, en effet, que d'avoir évité, à
grand peine, dans cette discussion si vive du projet
d'Audresselles, une défaite immédiate. Ce demi succès
fut demeuré stérile ! Au projet repoussé par l'opinion
et par la Commission d'enquête il fallait substituer des
projets meilleurs. Comme le grand intérêt de relations plus faciles et plus actives était toujours là,
préoccupant, des deux côtés du détroit, les Gouver-
nements, les Assemblées, le Commerce, les Compagnies de chemin de fer, les Ingénieurs ; passionnant
la presse et l'opinion ; et qu'il fallait répondre à des
appels si pressants qu'ils ressemblaient à des injonc-
tions, cet avantage remporté ne nous eut point pro-
fité.

Aussi, la Chambre de Commerce, dans sa délibération du 19 novembre 1869, représentait-elle :

« Qu'en présence du vif désir que manifestait toute
l'Angleterre commerçante d'obtenir pour décupler
l'activité de ses relations avec la France, des moyens
sûrs et prompts d'effectuer la traversée du détroit, dans
les conditions nautiques les moins pénibles et à toute
heure de la marée, c'était un devoir de premier ordre
pour le Gouvernement Français que d'opérer aux deux
ports qui, depuis tant de siècles, sont en possession de
servir ce grand intérêt, toutes les transformations que
réclamaient les besoins nouveaux. »

Et, sur cette donnée, elle demandait à la bienveillance et à la justice de l'Etat : « *l'étude immé-*
» *diate, et faite en vue de l'exécution, de tous les tra-*
» *vaux nécessaires à la transformation des deux ports*
» *de Boulogne et de Calais.* »

Calais fit la même demande : tout nous persuade
que ces vœux eussent été exaucés sans les désastres

qui, huit mois à peine après leur expression, allaient atteindre notre malheureuse Patrie, et lui montrer l'abîme effrayant où la mènent nos éternelles discordes.

Il n'était plus possible d'obtenir de sacrifices du Trésor obéré, de la Nation succombant sous le poids de ses charges ; et l'on dût se résoudre à ne plus compter que sur l'initiative privée.

Un rapport lu à la Chambre de commerce le 27 mai 1872, et qui a été inséré en entier dans le *Compterendu* de ses travaux pour cette année-là, a fait connaître tout ce que, pendant dix-huit mois, son zélé Président, M. GOSSELIN, et notre honorable Député, M. *Achille* ADAM, ont fait de démarches et prodigué d'efforts pour déterminer la création à Paris même d'une puissante Compagnie qui entreprendrait ce travail. Non qu'ils se dissimulassent la nécessité et la convenance d'un recours aux capitaux anglais ! Elles étaient évidentes, et ils n'étaient pas hommes à les méconnaître. Mais s'agissant d'un port à établir sur nos rivages, ils attachaient, avec raison, une grande importance morale à ce que l'entreprise fût, avant tout, française.

La non-réussite de ces démarches si actives, et si bien dirigées, n'a été déterminée que par les circonstances, par les avantages que présentèrent nos grands emprunts nationaux vers lesquels tous les capitaux flottants se sont précipités. L'insuccès n'est pas fait pour diminuer la gratitude qui leur est due comme à toutes les personnes de bonne volonté qui les ont secondés.

Ces 18 mois n'ont d'ailleurs pas été perdus. L'idée d'un port nouveau s'est fortifiée ; — la possibilité, longtemps niée par les promoteurs du projet d'Au-

dresselles, d'obtenir ici, même à mer basse de vive-
eau, des profondeurs suffisantes, a été démontrée par
des études nombreuses et savantes ; — des sondages
ont été opérés ; — des plans dressés ; — un crédit
spécial ouvert par la Chambre de commerce en a
soldé les dépenses ; — et le jour où l'on se résolut à
s'adresser aux capacités et aux ressources de l'Angleterre, l'on se présentait avec un ensemble de travaux
préparatoires très-propre à inspirer confiance et à
décider le succès.

C'est par l'entremise de son ancien et vénéré Président, M. *Alexandre* ADAM, que la Chambre de commerce fut mise à ce sujet en relations officielles avec
la Compagnie du *South Eastern Railway*, qui depuis
1843 opère, avec tant d'avantages pour le Commerce,
la traversée régulière et quotidienne du détroit, entre
Folkestone et Boulogne. On n'y avait pas perdu le
souvenir de ce qu'il avait fait il y a 32 ans pour
déterminer la création du chemin de fer d'Amiens
à Boulogne qui a tant contribué au développement
de l'entreprise de la Compagnie anglaise, en lui
apportant les premiers et indispensables éléments de
sa prospérité. La profonde estime dont son nom y
était entouré, était une recommandation toute puissante. Les Directeurs de la Compagnie se firent comme
un devoir de répondre à son appel ; et dès le 17 Mai
1872 se tenait ici même, en sa présence, une conférence décisive entre ces Directeurs, — la Chambre,
— M. le Maire de Boulogne, — notre honorable Député, — M. LIVOIS, ancien Maire qui avait pris une
très-grande part aux démarches antérieures, — M.
D. HENRY, membre du Conseil général, et quelques-
uns de nos concitoyens que leur situation et leurs
services y appelaient de droit.

Le procès-verbal très-détaillé de cette conférence, également publié dans le compte-rendu des travaux de la Chambre de commerce pour l'année dernière, constate qu'elle aboutit aux résolutions suivantes :

« 1°. — Acceptation en principe par le Comité de direction de la Compagnie du South-Eastern de l'idée d'une subvention annuelle à payer à la Compagnie qui entreprendrait de créer le nouveau port, sauf à en déterminer ultérieurement le mode et l'importance ;

» 2°. — Résolution prise de former une Société spéciale dans laquelle trois directeurs du South-Eastern, au moins, entreraient comme administrateurs ;

» 3°. — Instruction à donner immédiatement aux ingénieurs de la Compagnie, MM. Liddell et Richardson, de dresser des plans qui pussent être soumis aux formalités exigées en France, et d'établir un devis de la dépense ; en s'entourant, pour l'un et l'autre travail, des avis des ingénieurs français que leur connaissance approfondie des localités et leurs travaux spéciaux leur désigneraient comme les Conseils les plus sûrs de l'entreprise. »

Ces résolutions, grâce à l'esprit de décision de nos voisins, devaient bientôt se traduire en faits d'une grande importance.

Dès le 9 juillet 1872, le très-honorable président du Comité de direction du South-Eastern, Sir *Edward William* WATKIN, informait la Chambre de commerce que le Parlement anglais ayant rejeté le bill privé par lequel M. FOWLER espérait obtenir l'autorisation d'exécuter au port de Douvres certains travaux nécessaires à l'exploitation des bateaux porte-trains dont il est l'inventeur [système jugé en Angleterre comme très-peu pratique], et cet obstacle d'un précédent demandeur se trouvant écarté, la Compagnie acceptait décidément la donnée d'une large et libérale participation à la dépense de la création du nouveau port de Boulogne.

Le 9 novembre suivant, la Compagnie du South-Eastern déposait au bureau des bills d'intérêt local de la Chambre des Communes (Private Bills), un projet par lequel elle demandait l'autorisation :

> « 1°. — De passer, soit seule, soit de concert avec le *London Chatham and Dover Railway*, avec le Gouvernement français, la Compagnie du chemin de fer du Nord, les Autorités de la Ville de Boulogne et toutes personnes et Compagnies qui ont ou pourront obtenir une concession de ce Gouvernement, *tous traités* pour l'exécution des travaux d'amélioration ou d'agrandissement du port de Boulogne, *ou pour la construction d'un nouveau port ;* — et de contribuer ensemble ou séparément, soit aux dépenses de ces travaux, soit à la garantie d'un minimum d'intérêts pour tout ou partie de ces dépenses ;
>
> » 2°. — De passer également tous contrats avec la Corporation du port de Douvres, relativement à tous travaux à exécuter pour l'amélioration, l'agrandissement et l'élargissement de ce port, ou de donner une garantie d'intérêts sur tout ou partie des dépenses que nécessiteraient ces mêmes travaux. »

Quelques dissentiments survenus entre la Compagnie du South-Eastern et celle de Londres à Douvres par Chatham, à propos de deux embranchements sollicités par la première sur Rochester et sur Chatham même, empêchèrent ce premier projet de bill de recevoir, dans toute sa teneur, l'approbation du Parlement, dans sa session de 1872-1873. Les autorisations demandées ne furent obtenues que pour des engagements et des travaux qui nous sont étrangers. Mais cet ajournement partiel ne devait pas nuire à l'entreprise qui seule nous occupe ; car les journaux anglais du 28 novembre 1873, entr'autres le *The Daily News*, ont publié, pour la session 1873-1874, un nouveau projet de bill régulièrement déposé le 10 du même mois, par lequel la Compagnie du South-

Eastern et celle de Londres à Douvres demandent à se fusionner, et sollicitent l'autorisation d'employer leurs capitaux à créer un nouveau port à Boulogne.

La pensée de réalisation de cette œuvre est donc, en Angleterre, toujours vivante !

Quant à la Compagnie spéciale d'exécution dont la fondation entrait dans le programme du 17 mai 1872, elle ne tarda pas, non plus, à se former.

Les actes qui la constituent régulièrement, dans les formes déterminées par les lois anglaises de 1862 et de 1867 (Memorandum d'association et certificat d'incorporation), se trouvaient au dossier de l'enquête, portant les dates des 2 et 3 janvier 1873.

La *dénomination* officielle de la Société est Bou- logne new harbour company limited, *Compagnie, à capital limité, du nouveau port de Boulogne.*

Ce capital est de trois cent mille livres sterlings (7,575,000 francs) divisées en trente mille actions de 10 livres (250 francs).

Son *objet* précis est la *construction, l'entretien* et *l'administration d'un port avec débarcadères, magasins et tous ouvrages et dépendances utiles à Boulogne-sur-mer, en France.*

Elle était représentée par un Comité composé :

Pour l'Angleterre :

De MM. Sir Edward William Watkin, président du Comité de direction du *South Eastern Railway ;*

J. G. Forbes, directeur de l'Exploitation (General Manager) du *London Chatham and Dover Railway ;*

Grosvenor Hodghinson, membre du Parlement ;

H. D. Warter, juge-de-paix de l'un des cantons de Londres ;

James Bing, l'un des administrateurs du *South-Eastern ;*

G. W. Eborall, directeur de son exploitation ; (1)
Charles Liddell, l'un de ses ingénieurs. »

Pour la France :

De MM. Alexandre Adam, ancien maire de Boulogne,
ancien président de la Chambre de commerce et du
Conseil général du département ;

Achille Adam, banquier, député du Pas-de-Calais à
l'Assemblée nationale ;

B. Gosselin, président du Tribunal et de la Chambre
de commerce ;

Auguste Huguet, Maire actuel de Boulogne.

Existe-t-il, dans les plus grandes entreprises,
beaucoup de sociétés présentant plus de garanties
morales que celles que donnent ces noms ?

II. *Demande en concession. — Ses conditions. — Tarif des
perceptions proposées.*

C'est dès le 2 janvier 1873 qu'à peine constituée
la nouvelle Compagnie, pour ne pas perdre de temps,
adressait à M. le Ministre des Travaux publics de
France sa demande d'autorisation et de concession.

Très-succincte, cette demande se borne à déterminer son propre objet, lequel est : « l'établissement
» au Sud-Ouest du port actuel de Boulogne d'un
» port accessible à toute heure de marée à des stea-
» mers d'un fort tonnage, tels que ceux qui font la
» traversée régulière entre l'Angleterre et l'Irlande. »

Ce port se relierait à la station de Capécure par un
embranchement spécial, dont la construction et l'ex-

---

(1). — Depuis l'enquête, l'intelligent et actif directeur de l'exploitation du
South-Eastern, Mr G. W. Eborall, a été enlevé par la mort, à ses fonctions
qu'il remplissait depuis la création de la ligne et qu'il honorait, — à ses collabo-
rateurs qui l'entouraient de leur affectueuse confiance, — à notre ville dont il
était l'ami et dont, en toute occasion, il défendait libéralement les intérêts.

ploitation — ceci est à remarquer — seraient laissées à la Compagnie des chemins de fer du Nord. — Il se rattacherait à Amiens, Paris et Rouen, par la ligne du Nord ; — à Lille, par cette ligne encore et de plus par la ligne en voie de création de Boulogne à Armentières concédée à la Compagnie du Nord-Est ; — à Arras, par la ligne d'Étaples à ce chef-lieu de notre département.

Il offrirait un abri sûr, *à toute heure de marée*, à tous les bâtiments *tirant moins de cinq mètres d'eau.* Il pourrait recevoir, après deux ou trois heures de flot, *des bâtiments de commerce du plus fort tonnage.*

La durée de la concession sollicitée serait de quatre-vingt-dix-neuf années pour le port proprement dit, ses quais et les autres ouvrages qui le constitueraient ; — création d'utilité publique. On ne dit pas, mais cela va de soi, qu'à l'expiration de ce terme l'État entrerait gratuitement en possession de ce port : il aurait, en outre, le droit de le racheter à toute époque antérieure à ce terme, s'il jugeait utile d'user de cette importante faculté.

Cette durée serait, au contraire, perpétuelle (sauf le droit toujours ouvert et absolument inaliénable d'expropriation pour cause d'utilité générale), à l'égard des terrains de la plage que l'exécution permettrait de conquérir, et qui seraient utilisés plus tard pour la construction d'entrepôts, de magasins généraux, etc. Ce sont là, en effet, des créations d'un caractère privé, à la possession desquelles l'État n'a aucun intérêt supérieur et politique.

Du reste, la Compagnie ne demande ni subvention, ni garantie d'intérêts. Elle se borne à réclamer pour le port nouveau, à l'entretien duquel elle pourvoira, l'exemption :

— De tous droits de tonnage et de quai ;
— De toutes taxes gouvernementales, départementales et locales, établies ou à établir ;

ainsi que l'autorisation de percevoir sur tous les navires qui entreront dans ce port, *pour une opération de commerce*, un droit de péage *dont le taux sera déterminé par un cahier des charges à dresser ultérieurement.*

Ces termes : « pour une opération de commerce » affranchissent par avance de toute taxe :

— Les navires de guerre français ;
— Les bâtiments de commerce en relâche forcée qui ne feront point de ces opérations ; c'est-à-dire ne chargeront et ne déchargeront ni marchandises ni passagers.

Dans une note, également datée du 2 janvier 1873, annexée à sa demande, la Compagnie prend :

1° L'engagement formel d'enlever tous les atterrissements qui, par suite de l'exécution des travaux pourraient se former soit à l'entrée du nouveau port, *soit à l'entrée du port actuel ; de manière à ne compromettre en rien la situation de ce dernier port ;*

2° Celui d'établir à peine de déchéance, *dans un délai de cinq ans,* le nouveau port, ce qui comprend sa digue de défense, — le quai de débarquement, — le creusement de son chenal d'accès, — le creusement intérieur entre ces deux ouvrages ;

3° Celui d'édifier, dans un délai de 15 années, les travaux accessoires et complémentaires tels que magasins, entrepôts, etc.

La sanction de la déchéance protége aussi ce second engagement ; en ce sens que les parties de la concession de terrains que la Compagnie n'aurait pas utilisées pour ces constructions, dans le délai qu'elle-même assigne, feraient de droit retour à l'Etat.

Elle évalue la dépense de construction à 7,500,000

francs ; — la *dépense annuelle d'entretien* à 475,000 francs, intérêts et amortissements du capital compris ; — elle compte sur une recette de 475,000 francs en ce comprise une subvention annuelle de 375,000 francs que donneraient les deux Compagnies du *South-Eastern* et du *London Chatham and Dover Railways*, en échange de la franchise de tous droits de tonnage sur leurs paquebots.

Enfin, entrevoyant que la *petite rade* que la nouvelle jetée formera en avant du port actuel et abritera contre les vents du S.-O. pourra être complétée plus tard par l'établissement de nouveaux môles vers le Nord-Ouest, la Compagnie se réserve de soumettre ultérieurement de nouvelles propositions à cet égard au Gouvernement français pour l'exécution de ces derniers ouvrages qui seraient manifestement d'intérêt général, puisque leur objet précis serait d'améliorer les conditions d'accessibilité du port actuel, et de plus de constituer une station militaire des plus avantageuses à l'Etat.

Le tarif de perceptions que dans sa demande en concession la Compagnie se réservait d'établir ultérieurement, elle le produisit le 13 mai 1873, sur la demande du Ministre des Travaux publics ; parce qu'il devait être l'un des documents les plus essentiels de l'enquête.

Elle propose de percevoir :

— Un droit de tonnage et de péage sur les navires entrant dans le nouveau port ;

— Des droits variés d'embarquement et de débarquement, *avec* ou *sans* l'aide de ses apparaux ;

— Un droit d'abri ;

— Un droit spécial de magasinage sur les marchandises séjournant plus de 24 heures dans ses magasins de Douane, après leur vérification.

Le tarif, dans lequel ces différents droits se traduisent en chiffres précis, évidemment calqué sur ceux de la Chambre de Commerce, est des plus modérés. Il fait honneur à la Compagnie qui le propose.

Quant aux très-légères observations que ce travail pouvait comporter, elles ont été faites par cette Chambre : il suffira d'une conférence avec les représentants de la Compagnie pour obtenir à leur égard toutes les satisfactions désirables.

Une lacune importante a été cependant signalée. Il n'est rien dit des conditions qui seront faites, dans le nouveau port, aux bateaux de pêche français ou étrangers qui, par la force même des choses, y entreront de temps à autre, si ce n'est même très-souvent.

La nature facilement périssable de leurs chargements leur imposera, presque toujours, l'obligation de les vendre à leur entrée même, de les débarquer sur les quais du port nouveau. Tout cela constitue une opération de commerce qui, à la rigueur, les rendrait passibles du droit de tonnage,—du droit de débarquement, — du droit même d'embarquement des ustensiles, des filets, des sels, des vivres qu'ils auraient à mettre à bord avant de reprendre la mer.

Or, ils ne peuvent acquitter ces droits dans une proportion aussi élevée que les navires de commerce. La Compagnie devra donc établir pour eux un tarif spécial pour lequel elle ne manquera pas de se concerter avec cette Chambre avant de le soumettre à l'Autorité supérieure. On est d'accord sur ce point.

III. *Description du port en projet.*

[Voir le plan.]

Le port projeté a la forme d'un quadrilatère irré-
gulier ayant entre ses deux côtés les plus longs une
largeur de 400 mètres. Ce sera la largeur du port
lui-même, et les plus grands navires y pourront
évoluer aisément. Notre port actuel n'a que 150
mètres de large : cette indication suffit à faire juger
de la supériorité que possédera, sous ce rapport
essentiel, celui que l'on projette.

Il s'appuie à la falaise de Châtillon ; plus exacte-
ment, au futur remblai que la Compagnie opérera,
avec les matériaux et les sables rapportés par ses
dragages, et qui, — du quai de débarquement au
fort du Mont-de-Coupe, — aura une superficie d'environ 45 hectares.

Voici les ouvrages principaux qui le doivent constituer :

1° A *la gauche*, prise de terre, vers le Sud-Ouest,
est une jetée de 1,100 mètres de longueur à partir du
pied actuel de la falaise : elle aura de larges et nombreux pertuis par lesquels pourra passer avec les
vagues le sable qu'apporteront celles-ci.

2° De l'extrémité de cette jetée part, en s'infléchissant vers le Nord, une digue d'une longueur de
400 mètres avec un enrochement de 230 mètres qui
en est le prolongement. Elle servira de brise-lames ;
elle abritera contre les vents du Sud-Ouest le chenal
et le port. Elle rendra le même service au port
ancien, en formant en avant de lui une sorte de petite
rade où les bâtiments trouveront le calme et par
conséquent toutes facilités pour l'appareillage d'entrée.

A gauche également, le plan figure.

3° Un quai plein. Il est destiné à maintenir la tranquillité des eaux à l'intérieur du port et à retenir les sables entrant par les pertuis de la jetée.

4° Une estacade à claire-voie. Elle est faite pour recevoir les rails sur lesquels marcheront les dragues à vapeur dont la tache consistera à enlever périodiquement les sables qui viendront s'amonceler dans le réservoir formé par la jetée elle-même et par le quai intérieur.

A *la droite*, vers l'Est, le plan fait voir :

5ᶜ Un quai avec terre-plein, d'une longueur totale de 750 mètres, prise de son extrémité Sud vers la terre. — A son extrémité Nord sera la station d'abordage des paquebots de la Compagnie concessionnaire ; — le reste, sur une longueur de 350 mètres, sera affecté aux paquebots, aux navires à voiles, aux pêcheurs entrant au port nouveau, soit en relâche, soit pour y faire des opérations commerciales. L'on comprend, sans qu'il y ait à le dire, qu'au fur et à mesure que ces entrées de bâtiments, autres que ceux de la Compagnie, se multiplieront, les concessionnaires leur feront place, en effectuant des approfondissements du port le long de tous les autres ouvrages qui en doivent former l'enceinte, et qu'il sera possible d'affecter à cette destination.

Ce nouveau quai des paquebots sera parallèle à notre jetée actuelle du Sud-Ouest. L'espace intermédiaire, représentant une superficie d'environ 60 hectares, sera comblé *en partie* et élevé au niveau des terres-pleins, avec le produit du creusement du chenal et des dragages. Nous disons : « *en partie*, » parce que c'est dans cet espace que la Compagnie établira, plus tard, ses docks ou bassins à quais couverts ; en d'autres termes un *port de commerce* tel que le veut notre temps, et relié par de larges écluses à notre bassin à flot. Le plan les indique.

C'est de ce nouveau quai des paquebots que partiront les rails qui le joindront à la gare. Le plan les figure aussi.

Vers *le large*, sont indiqués encore :

6° Le musoir du quai intérieur ;

7° A sa suite un tronçon de jetée pleine, près l'entrée du port, laquelle, toujours dans l'intérêt de la tranquillité des eaux intérieures, n'aura que 100 mètres de large, correspondant à la largeur du chenal d'accès ;

8° A la suite, un second tronçon de jetée pleine maintenant et défendant contre l'action destructive des flots le quai des paquebots et son terre-plein ;

9° A la suite encore, en droite ligne, un perré destiné à rendre le même service au vaste remblai que la Compagnie opérera dans l'espace qui doit séparer son *quai des paquebots* de notre jetée actuelle du Sud-Ouest. Ce perré remplira pour la sécurité du remblai, des magasins, maisons d'habitation, docks et bassins qui s'y construiront un jour, l'office que remplit pour celle de l'Etablissement des Bains la terrasse muraillée qui le défend de l'atteinte de la mer.

Tels seront les *maîtres-ouvrages* du nouveau port, *s'il doit n'être rien de plus qu'un port de commerce.*

Son chenal aura cinq mètres de profondeur ; — la même profondeur sera établie immédiatement à son quai des paquebots ; — elle s'étendra progressivement, ainsi que nous l'indiquions tout à l'heure, à la superficie entière, au fur et à mesure que les développements de son trafic maritime rendront cet approfondissement nécessaire.

L'intérêt même de la Compagnie concessionnaire est la garantie de l'exécution de ce travail, et l'engagement formel en a été, d'ailleurs, pris par elle devant la première commission où elle ait eu à défendre son projet.

Il n'est pas inutile de faire remarquer que la surface d'eau que les principaux ouvrages enceindront n'aura pas moins de 26 hectares. On jugera bien de son étendue par les rapprochements qui suivent :

Notre bassin à flot a une superficie de.....................	6 H.	86 A.	59 c.
Le port d'échouage	13	»	»
L'arrière-port, entre les deux ponts....................	2	37	60
Tout l'espace dont nous disposons aujourd'hui pour l'accostage et les mouvements intérieurs des navires est donc de	22 H.	24 A.	19 c.

qui en, réalité, se réduisent à dix-neuf hectares, quatre-vingt-six ares, cinquante-neuf centiares, si l'on en déduit l'arrière-port lequel s'ensable étrangement, et où l'on ne peut pénétrer qu'à l'aide de manœuvres lentes et difficiles.

Le nouveau port nous donnera donc, d'une façon marquée, bien plus de superficie utilisable que n'en offre le port actuel si insuffisant déjà pour les besoins de la navigation.

IV. *Projet d'un port militaire et d'une grande rade.*

Telle est l'économie générale du projet restreint à l'idée d'un port de commerce. Certes, avec sa profondeur d'accès et de station de cinq mètres, — sa

largeur de 400, — sa petite rade extérieure, — les
ouvrages établis pour assurer le calme de ses eaux, et
faciliter l'enlèvement des sables qui y pourront pénétrer, — ses rails de jonction à la gare, — les larges
espaces ménagés pour la construction future de
docks et leur jonction à notre bassin à flot d'aujour-
d'hui,—cette conception réalise complètement le programme de la Compagnie concessionnaire.

Elle répond à tous les besoins commerciaux de
notre temps et de l'avenir.

Mais la navigation peut désirer une rade plus vaste !
— l'Etat peut vouloir, à l'entrée du détroit, une
forte station militaire pour la protection de nos côtes
contre toute agression des nouvelles marines du Nord.

C'est un tout autre plan, et nous entrons avec lui
dans un ordre d'idée bien différent.

On comprend que si la Compagnie consent à
dépenser, pour un port de commerce, 8 millions environ, sans subvention, sans garantie d'intérêts, sans
rien demander à l'Etat que la concession des terrains
improductifs conquis par elle-même sur la mer, d'autres conditions pécuniaires s'imposent à l'exécution
d'un projet agrandi, répondant à des nécessités étrangères aux relations commerciales entre la France et
l'Angleterre.

Subvention du Trésor ou minimum d'intérêts
assuré à la portion spéciale des capitaux qui seraient
affectés à cette création, il est probable que la Compagnie acceptera l'un ou l'autre de ces modes de
concours de l'Etat. C'est une question à résoudre
par des négociations entre elle et l'Autorité publique :
nous n'avons pas à y insister.

Mais le plan qui accompagne cette *notice* indique

les travaux que déterminerait la réalisation de ce second programme ; et il convient de les faire connaître.

Dans ce nouveau plan la digue de 400 mètres infléchie vers le Nord indiquée tout à l'heure sous le N° 2, avec son enrôchement, disparait. Elle est remplacée par une digue presque rectiligne, s'infléchissant aussi, mais d'une façon moins marquée, vers le N.-O., et figurée au plan par une ligne jaune. Partant de l'extrémité de la jetée du S.-O. cette digue aura, selon qu'elle sera menée à des profondeurs à basse-mer de 10 ou de 14 mètres, une longueur soit de 625, soit de 1,225 mètres.

Dans la première hypothèse, elle aura pour accessoire le môle de 300 mètres de longueur, — dans la seconde, le môle de 500, que le plan figure et indique par une ligne jaune, comme la digue elle-même.

Mais, de plus, comme pour donner accès et faculté de séjour à de grands navires de guerre, chargés de leur personnel et de leur artillerie, il faut des profondeurs d'eau spéciales, le chenal est creusé à 8 mètres au lieu de 5, et des fosses de profondeur semblable sont établies tant au pied du quai intérieur qui devient *quai de la marine militaire*, qu'au pied même du quai des paquebots, pour le cas où l'un des puissants navires de la flotte aurait à y accoster.

Des dispositions sont même indiquées pour le cas où le système des bateaux porte-trains, qui a encore à faire la preuve de sa valeur, réussissant ailleurs, on se déciderait à l'adopter ici.

La dépense supplémentaire sera de 4,230,000 fr. si la grande digue est arrêtée à la profondeur de 10 mètres. Elle atteindra 9,140,000 francs si on la conduit à 14 : — les môles compris.

La rade ainsi conçue abritera une superficie d'eau déjà considérable ; et ce ne sera que dans de bien rares circonstances qu'elle se trouvera insuffisante pour les navires de commerce ou de guerre qui auront à y chercher, au passage, un refuge contre la tempête.

Sans doute, ce ne sera point la rade immense que MM. les ingénieurs Béguin et Voisin, *après avoir constaté la supériorité des parages de Boulogne sur ceux d'Audresselles,* avaient étudiée en 1855, par l'ordre du Souverain de cette époque ; et qui ayant pour ouvrages principaux deux brises-lames de 3,330 et de 1,575 mètres établis sur la *bassure de Baas,* devait servir d'asile à des flottes entières. Ce grand ouvrage réalisait l'une des plus larges conceptions qu'aient suggérées le sentiment de l'humanité et de la conservation des richesses que la mer expose à de si grands périls ! Mais la dépense prévue devait être de 35 millions ! La France n'est plus assez riche pour faire de telles largesses *aux marines de toutes les nations.*

Ce qu'il importe de faire remarquer, c'est que le projet d'un nouveau port au S.-O. de Boulogne qui ne coûtera pas un centime à l'État, lui fournit seul les moyens de se procurer à si bas prix la station militaire dont il se peut que la nécessité lui soit démontrée.

Ambleteuse coûterait de 30 à 40 millions !

V. *Instruction administrative du projet.*

Le projet de la Compagnie a été soumis, comme toutes les conceptions de ce genre, à une instruction administrative qui n'est pas close encore.

Notre intention étant de concentrer dans une même division de cette notice les *objections* que cette instruction a vu se soulever, ainsi que les *réponses* qu'elles nous semblent comporter, sans spécifier auxquels des nombreux documents produits par cette instruction ces objections appartiennent, nous nous bornerons à peu près ici à l'indication des dates auxquelles les formalités ont été remplies.

10 *Juillet* 1872. — Mémoire de M. LIDDELL, ingénieur de la Compagnie du *South-Eastern*, justifiant le projet.

10 *Août* 1872. — Mémoire de M. l'Ingénieur en Chef LEGROS, renfermant une étude approfondie des influences probables des travaux projetés sur le régime de la plage du N.-O. en avant de notre port actuel, sur laquelle nous reviendrons ; et concluant à l'exécution.

23 *Janvier* 1873. — Rapport de M. l'ingénieur ordinaire VIVENOT, concluant à l'enquête.

13 *Juillet* 1873. — Décision de M. le Ministre des Travaux publics qui, après examen de ces trois documents, ordonne l'enquête et, au préalable, la discussion du projet devant la *Commission nautique*.

28 *Juillet et 3 Septembre* 1873. — Réunion à Boulogne de la Commission nautique composée de deux officiers supérieurs et d'un Commissaire de la marine, ainsi que de deux capitaines au long-cours et de deux pilotes pris ici-même. La Compagnie y est représentée par MM. *Alexandre* ADAM et LIDDELL.

On a fait, avec beaucoup de raison, la remarque que la constitution de ces Commissions, en mettant en présence des capitaines marchands et de simples pilotes avec leurs chefs hiérarchiques, ne laissait pas aux premiers la moindre indépendance. Pour peu que les membres principaux, si honorables qu'ils soient, abordent la discussion sous l'empire d'idées préconçues, l'opinion contraire à la leur ne se peut produire que timidement, et sans l'autorité qu'en ces matières tous les avis doivent obtenir.

Or, personne n'ignore que le département de la Marine, servant en cela un intérêt qui pour lui est de premier ordre, et confiant, à tort ou à raison, dans le projet d'Audresselles, en désirait, sur toutes choses, l'exécution.

Il n'y a donc pas lieu d'être trop surpris de ce que dans la Commission nautique il se soit trouvé une minorité contraire de trois voix sur toutes les questions posées, une seule exceptée ; — même une majorité de quatre voix pour déclarer insuffisantes les garanties offertes par la Compagnie dans le cas où se formeraient des dépôts de sable à l'entrée du port actuel ! Il est vrai qu'à l'unanimité elle a déclaré que, dans le cas contraire, les travaux projetés amélioreraient l'entrée du port ancien. La remarque faite n'en est pas moins juste.

13 *Octobre* 1873. — Arrêté préfectoral qui ouvre une enquête d'un mois : trois dires des plus favorables s'y produisent, deux sont contraires.

5, 9, 16 *et* 27 *Décembre.* — Délibérations ou dires favorables de la Chambre de commerce de Boulogne, du Conseil municipal, du Comité des Armateurs de pêche, de la Commission d'enquête. Nous publions, à la suite de cette notice, ces délibérations. Tout lecteur attentif en appréciera vite le mérite et la portée.

L'instruction administrative ne s'est pas close avec l'enquête.

Selon l'usage constant, le projet a été l'objet de conférences à deux degrés, entre les représentants locaux et les chefs immédiats des différents services publics qu'il peut affecter ; à savoir :

Au *premier degré*, entre Messieurs :

— Le lieutenant de vaisseau, directeur des mouvements du port de Dunkerque ;

— L'Ingénieur des travaux hydrauliques de la marine, à Cherbourg ;

— Le Chef de bataillon du génie. commandant le Génie de la place de Boulogne ;

— Le Chef d'escadron commandant l'Artillerie de l'arrondissement de Calais ;

— L'Ingénieur de l'arrondissement maritime de Boulogne ;

— L'Ingénieur du contrôle du chemin de fer du Nord, à Amiens ;

— Le Vérificateur de l'enregistrement et des domaines de Boulogne.

Au *second degré*, entre les supérieurs hiérarchiques de ces différents fonctionnaires publics, lesquels sont :

— Le Contre-Amiral, Major Général de la marine, à Cherbourg ;

— Le Colonel directeur des travaux hydrauliques au même port ;

— Le Colonel du Génie, directeur des fortifications, à Arras ;

— Le Colonel directeur de l'Artillerie, à St–Omer ;

— L'Ingénieur en chef des ports maritimes et des phares du Pas-de-Calais, à Boulogne ;

— L'Inspecteur général du contrôle du chemin de fer du Nord, à Paris ;

— Le Directeur des domaines, à Arras.

Ces conférences sont essentiellement secrètes. L'Administration seule connaît les avis, d'ailleurs toujours

très indépendants, qui y sont exprimés. Mais si dis-
crets que puissent être leurs auteurs, comme le dic-
ton « *les mauvaises nouvelles vont vite* » est toujours
vrai, il est évident pour nous que si les avis avaient
été contraires à l'entreprise, quelque chose en eût
transpiré.

Rien de semblable n'est arrivé jusqu'à nous : par
cela seul nous nous croyons autorisés à en conclure
que le projet a traversé heureusement cette très
sérieuse épreuve de son appréciation par des hommes
dont il serait puéril de contester le savoir et l'autorité.

Le projet, au moment où nous écrivons cette
notice, va être soumis à une autre épreuve toujours
également redoutable : son examen par le *Conseil
général des Ponts-et-Chaussées*, et d'abord par la
Commission spéciale de trois *Inspecteurs généraux*,
membres de ce Conseil, que la savante Institution
charge toujours de l'étude préalable des conceptions
qui lui sont soumises.

Si cette dernière épreuve est, comme tout le
fait espérer, heureusement franchie; c'est-à-dire, si le
principe de la création d'un nouveau port à Boulogne
est admis par le Conseil, dût le plan lui-même subir
des modifications, sous l'inspiration de ces juges si
capables, l'avenir est à nous, et Boulogne entre dans
une ère nouvelle et très féconde de prospérité!

Quelques changements de forme, quelques combi-
naisons indiquées pour rendre les mouvements des
sables moins à craindre ou en avoir, à meilleur
marché, raison, ne sont que des détails sans importance, dès qu'il n'en résulte pas un considérable
surcroît de dépense. Le principe est tout !

Des hommes de cœur et de haute intelligence qui

ont consacré tant de mois, et apporté tant de ferme résolution à l'étude du projet, il n'en est pas un qui veuille voir autre chose que le but d'une entreprise à laquelle il sera toujours bien honorable d'avoir attaché son nom.

D'autre part, la Compagnie qui sollicite la concession est sérieuse : elle a, au degré le plus élevé, le sentiment de ses devoirs envers le pays devant lequel elle a, par son initiative hardie, ouvert ces belles perspectives d'avenir que nous entrevoyons.

D'autre part, encore, ses puissants auxiliaires, les Compagnies du *South-Eastern* et du *London Chatham and Dover Railways*, savent bien ce que vaut la position de Boulogne. Elles ne la déserteront pas !

Notre confiance dans les hommes qui les dirigent est absolue

Après l'épreuve du Conseil général des Ponts-et-Chaussées, un projet de loi sera rédigé au Ministère des Travaux publics,—puis soumis au *Conseil d'Etat*, lequel devra l'examiner au point de vue surtout de ses rapports avec les intérêts généraux de la légalité dont il a la garde ; — puis présenté à l'Assemblée nationale à laquelle appartient la décision suprême. Mais, à raison même de la grandeur de sa mission, laquelle est la régénération de la France, dans tous les ordres possibles de son activité, cette Assemblée sera, plus que tout autre juge de la conception, accessible aux idées de progrès, de *mouvement en avant*, d'encouragement aux œuvres émanées de l'initiative privée qui recommandent de si haut l'œuvre à laquelle ce modeste écrit est consacré.

Nous pouvons nous rassurer.

VI. *De quelques faits extérieurs.*

Il est, le plus souvent, bon que l'opinion publique sache toutes choses.

Aussi, avant de passer aux objections produites contre le projet, tenons-nous à l'instruire de quelques faits qui ne sont pas indifférents.

1° D'abord, *les Chambres de Commerce* du Pas-de-Calais, autres que celle de Boulogne, officiellement consultées, se sont prononcées en faveur du projet :

Celle de St-Omer le 7 novembre 1873.

— d'Arras le 14.

— de Calais le 24.

Elles avaient toutes les trois repoussé le projet d'Audresselles.

Nous ne pensons pas que les Chambres de commerce du département du Nord aient été appelées officiellement aussi à en exprimer leur avis : mais deux d'entre elles en ont connu.

— La première en date, celle de Dunkerque, a le 5 février 1874 présenté et fait imprimer des *Observations sur le projet de création d'un port en eau profonde, au Sud-Ouest du port actuel de Boulogne.* C'est une brochure format in-8 de huit pages.

Si courtes qu'elles soient, elles ont suffi pour que l'on trouvât moyen d'y reprocher à Boulogne :

> — D'avoir présenté son projet comme essentiellement national et intéressant au plus haut degré toute la région du Nord de la France ;
> — D'avoir dit qu'il se justifiait par le besoin impérieux que nous avons de posséder dans le Nord un port pouvant lutter avec celui d'Anvers ;
> — D'avoir *insinué* que les côtes Nord de la France étaient dépourvues *d'un port et d'une rade* convenables,

en s'abstenant *avec une intention évidemment calculée* de mentionner le port et la rade de Dunkerque dont il n'est plus permis à personne d'ignorer et de méconnaître l'importance, puisque cette rade a des profondeurs d'eau de plus de 15 mètres à moins d'un demi mille de l'entrée du port : — puisque l'entrée de ce port, *grâce aux travaux qui s'exécutent*, sera bientôt permise en tout temps aux navires du plus fort tonnage ; — puisqu'il reçoit en grandes vives eaux des steamers de 2,000 tonneaux de portée ; — puisqu'enfin son accroissement égale en rapidité celui d'Anvers, son tonnage d'entrée s'étant élevé entre 1830 et 1873 de 175,014 tonneaux à 1,307,614 ;

— D'avoir la prétention d'égaler tout d'un coup et en un jour Anvers, alors que Dunkerque est depuis deux siècles, par ses canaux et les routes qui y aboutissent, la voie naturelle que prend le commerce vers l'intérieur ; et que ses artères fluviales semblent à elles seules lui assurer et lui garantir des avantages que Boulogne ne possédera jamais.

Et cela !

— Bien que la rade de Dunkerque, œuvre de la nature, ait suffi pendant la fatale guerre de 1870 pour abriter nos escadres cuirassées, même le *Solférino*, le plus fort de nos navires de guerre, et que le *Great-Eastern* lui-même y puisse venir embarquer une division de 10 à 12,000 hommes, quand il le voudra, son tirant d'eau ne dépassant point celui du *Solférino*.

Et bien que le 20 juin 1870 la Chambre de commerce de Dunkerque ait eu la générosité d'exprimer un avis opposé au projet d'Audresselles.

C'est ainsi tout un réquisitoire !

Boulogne ne se savait point si coupable !

Heureusement, ce sont là des susceptibilités qui ne se comprennent guères, et aux inspirations desquelles l'honorable Chambre de Commerce de Dunkerque sera la première à regretter d'avoir cédé.

Boulogne ne s'est pas donné le ridicule de se comparer à Anvers ; elle sait trop bien que la *Liane* n'est pas l'*Escaut*.

Pas davantage celui de patronner Dunkerque !
Quand on est le quatrième port de France, à l'égard
des *quantités importées*, l'on n'a besoin des recom-
mandations de personne.

Mais nous ne saurions cependant oublier que, sous
le rapport des *valeurs*, Boulogne est le troisième ;
venant immédiatement après Marseille et le Hâvre :
— que les droits de douane qui s'y acquittent dépassent de beaucoup en importance ceux qui se
paient même à Dunkerque ; — que leur progression
de 454,451 francs en 1831 arrivait en 1872 à
8,073,041 francs !

Et quand il s'agit des relations *entre la France et
l'Angleterre*, nous avons la prétention de croire que
notre proximité des côtes anglaises nous donne de
fort grands avantages, et qu'elle fait de nous des
auxiliaires de quelque valeur dans la lutte de concurrence que les ports français, qui feraient bien
mieux de s'entendre que de se jalouser, ont à soute-
nir contre les ports étrangers.

Si Dunkerque satisfait de ses progrès croit n'avoir
rien à redouter de ceux d'Anvers dont le Hâvre
s'alarme, nous en sommes très-heureux.

Et si, de plus, la rade de Dunkerque a pour notre
flotte militaire toute l'importance que l'on proclame,
sujet sur lequel il serait bon cependant d'avoir l'avis
du Conseil d'Amirauté, tous nos vœux sont comblés,
car Audresselles n'a plus la moindre raison de se
construire, et nous sommes délivrés de ce cauchemar.

Mais, dès lors, de quoi se plaint Dunkerque, quand
à tous ses privilèges il ajoute, dans ces temps où les
subventions sont si rares, la bonne fortune de voir
s'exécuter chez lui de forts grands travaux aux frais
du trésor à qui ils coûteront en définitive, intérêts

compris, de 16 à 17 millions. *(Décret du 14 juillet 1861. — Loi du 20 mai 1868. — Décret du 6 juin même année).*

Quand on a tant de bonheur il siérait d'être généreux, surtout envers des gens qui ne demandent rien à l'Etat.

— La seconde Chambre de Commerce du Nord, qui se soit occupée de notre projet, est celle de *Douai.*

Comme la récompense du désintéressement est toujours d'obtenir la plus sereine intelligence des choses, cette Chambre, bien qu'étrangère aux questions des ports, a su porter sur celle qui nous occupe un jugement d'une rare précision.

Elle ne sait pas, il est vrai, et il faut convenir que presque tout le monde l'ignore, que la France possède en avant de Dunkerque une rade toujours tenable où ses vaisseaux pourraient arrêter net la nouvelle flotte prussienne, et défendre de là nos côtes contre toute agression ; car son honorable Président et rapporteur débute ainsi :

« La France ne possède sur la Manche et la mer du
» Nord que des ports d'échouage accessibles seulement
» à marée haute pour la plupart, et ce, qui est plus
» grave, dépourvus de rade offrant un abri sûr aux
» navires. Les bassins à flot que l'on y a construits
» facilitent, il est vrai, le chargement et le décharge-
» ment des marchandises ; mais il ne supplée pas ou
» manque de rades.

» Il en résulte que les naufrages sont fréquents sur
» nos côtes, et *qu'aucun de leurs ports ne peut recevoir*
» *de navires de guerre de haut bord.*

» Il en était ainsi du cap de la Hougue au Hâvre
» avant la création de la digue de Cherbourg.

» De cette situation, et de la nécessité d'y pourvoir,
» sont nés le projet que nous étudions et le projet
» rival d'un port à Audresselles, localité située entre
Boulogne et le Gris-Nez. »

3

Mais cette erreur, si c'en est une, ne l'empêche pas de démontrer avec une netteté parfaite qu'au point de vue de nos besoins militaires, comme à celui des relations internationales, notre infériorité ne peut pas être acceptée plus longtemps ; et qu'il y a nécessité pour le Gouvernement de prendre en considération très-sérieuse les projets qui se débattent devant lui, et que domine la pensée commune *qu'il y faut mettre un terme.*

Son rapporteur part de cette donnée pour analyser la demande en concession de la Compagnie du port de Boulogne, — décrire les travaux projetés, — mettre en présence les trois projets de Boulogne, d'Audresselles et de Calais — et en dire sa pensée en termes élevés et fermement impartiaux que nous reproduisons au n° V des annexes qui suivent. Il conclut par la demande — de l'abandon du projet d'Audresselles, — de l'exécution simultanée de *la gare maritime de Calais et du port de Châtillon (Boulogne)*.

La Chambre de *Douai*, à l'unanimité, a donné à ces conclusions son approbation sans réserve. *(Voir aux annexes, page XXIX).*

———

II. L'instruction administrative du projet d'Audresselles s'était faite dès 1869 ; — celle de la gare maritime de Calais en 1870 et en 1871 : — l'une et l'autre étaient donc arrivées jusqu'au Conseil d'Etat à peu près au moment où s'ouvrait ici l'enquête sur le nouveau port.

Ce Conseil n'avait rien trouvé à reprendre, à son point de vue, aux deux projets de loi que le Ministère des Travaux publics lui avaient soumis, et ils pouvaient à tout moment être portés à l'Assemblée Nationale.

Plusieurs journaux l'annonçaient. L'opinion publique s'en émut. Elle se persuada que si cette priorité déterminait la concession de l'une de ces entreprises avant que la nôtre eut accompli toutes ses évolutions préliminaires, la cause de Boulogne serait gravement compromise.

Une pétition, conçue dans les meilleurs termes, fut donc adressée, par un certain nombre de nos concitoyens, à la députation du Pas-de-Calais, sollicitant son intervention à cette fin d'obtenir que les trois projets ne fussent présentés *qu'en même temps*.

Rien de plus rationnel et de mieux motivé que cette demande.

La simultanéité d'examen par une même Commission parlementaire, peut seule, en effet, convenablement éclairer la religion de l'Assemblée.

Elle dictera ses préférences si l'on entend restreindre les concessions. Elle donnera plus d'autorité morale à son adhésion si l'Assemblée croit devoir confier les trois projets, ou au moins ceux de Boulogne et de Calais, à la libre action de l'initiative privée de laquelle ils émanent.

La députation n'hésita point. Informée que M. *Alexandre* ADAM devait bientôt se rendre à Paris elle voulut lui faire l'honneur de le placer à sa tête, et lui confier la mission de parler en son nom.

Reçue en audience le 27 janvier dernier par M. le Maréchal - Président de la République, qui écouta avec une bienveillance marquée les observations que M. ADAM lui présenta, la députation obtint tout le succès qu'elle attendait de sa démarche.

Le Chef de l'Etat promit en termes formels que les trois projets ne seraient présentés que le même jour, et que des ordres seraient donnés pour hâter,

par tous les moyens, l'instruction de celui de Boulogne.

Une lettre de l'honorable député de la circonscription, M. *Achille* ADAM, adressée le même jour
aux pétitionnaires, les instruisit de ce résultat.
Publiée dans les trois journaux de la Ville, cette
lettre suffit à calmer les inquiétudes que l'on avait
conçues.

Nous n'apprenons donc rien à personne en consi-
gnant ici le fait. Mais il nous a paru qu'il n'était pas
inutile de lui donner sa place dans un document
moins fugitif qu'un journal qui ne se retrouve plus
au lendemain de sa date.

***

III. Pour faire voir les choses aux dernières
limites qu'elles aient atteintes aujourd'hui, nous ap-
pellerons encore l'attention sur une lettre publiée le
16 février dans le journal anglais le *Times*, par un
écrivain des plus compétents, en réponse précisément
à une note du *Journal des Débats* du 4, dans laquelle
la présentation à l'Assemblée nationale du projet
d'Audresselles était annoncée dans des termes d'une
évidente partialité.

L'auteur repousse ce projet par des considérations
déduites des difficultés de l'accès de cette côte, — de
l'élévation de la dépense, — de l'improbabilité qu'il
puisse trouver les capitaux nécessaires à son exécution, — du préjudice énorme qu'il causerait aux ports
anciens sans servir aucun intérêt général, — des
obstacles même que lui peuvent opposer des raisons
politiques qui n'étant pas les nôtres, ne doivent pas
nous préoccuper.

Il est peu partisan de la gare maritime de Calais,
c'est-à-dire du système des bateaux porte-trains sur

lesquels cette concession repose ; mais il se hâte
d'ajouter :

> « Il y a pour améliorer Calais des plans moins
> » ambitieux et plus pratiques, qui assureraient, *si l'on*
> » *y donnait suite concurremment avec ceux proposés*
> » *pour Boulogne,* toutes les améliorations désirables
> » quant à présent au point de vue du trafic interna-
> » tional par les *voies actuellement suivies,* et sans les
> » enchaîner aux problématiques succès d'expériences
> » qui sont encore à faire. »

Et rappelant à quel degré un nouveau port serait
facilement accessible à Boulogne, à l'endroit même
où il est nécessaire, où le commerce est consolidé, et
non sur un point isolé où tout serait à créer ; — et,
encore, à quel point il est vrai que les Compagnies
intéressées *n'attendent que l'autorisation pour se mettre
à l'œuvre* ; il conclut en ces termes :

> « Il n'est pas inutile qu'une voix s'élève, de ce côté
> » du détroit, pour appeler l'attention du Gouvernement
> » français et de l'Assemblée Nationale sur la nécessité
> » d'accorder, à ceux qui sont prêts à en profiter, la
> » concession demandée pour l'amélioration du port de
> » Boulogne dans le plus bref délai.
> » Et ce projet doit être énergiquement soutenu,
> » parce qu'il est raisonnable et praticable, et surtout
> » parce qu'il est pour la France et l'Angleterre une
> » œuvre de paix et d'union. »

On ne saurait ni mieux penser, ni mieux dire !

VII. *Objections et Réponses.*

Des *objections* contre le projet que l'enquête a vu
se produire, des *exigences* et *propositions* qu'elle a pu
susciter, beaucoup, en vérité, méritent peu qu'on les
discute.

Ainsi en est-il :

— *Du reproche d'être une conception étrangère, et de la faute que nous commettrions à laisser des spéculateurs du dehors faire à nos dépens de grands bénéfices;* — comme si ces bénéfices étaient aussi certains qu'on l'allègue, et si tous les capitaux français n'étaient pas les maîtres de s'engager dans une entreprise qui est ouverte à tout le monde !

— *De la préférence à donner à une amélioration de notre port public sur la création d'un port destiné à rester plus ou moins longtemps, un siècle peut-être, une propriété privée;* — comme s'il y avait possibilité d'obtenir désormais de l'Etat qu'il exécute de pareils travaux ; — et comme si le droit de rachat, à prix d'estimation, ne lui était pas assuré, à toute époque où la situation de ses finances lui permettra de l'exercer.

— *Du tort fait à la ville ancienne par la création d'un port nouveau à l'une de ses extrémités;* — comme si l'insuffisance de notre port d'échouage et sa désertion pour le bassin à flot ne se manifestaient pas à tous les regards ; — comme s'il y avait autre chose à faire, pour améliorer sérieusement notre situation commerciale, que de créer un port dont les eaux fussent toujours présentes et profondes ; — et comme si l'on pouvait tenter *sans folie* d'exécuter les ouvrages nécessaires à une pareille transformation ailleurs que sur la plage et dans la mer où le sol ne coûte rien; c'est à dire, à l'intérieur de la Ville elle-même, et sur des terrains occupés par des propriétés bâties, dont les frais d'expropriation seraient énormes à ce point que, pour ne pas avoir à les subir, nos ingénieurs ont dû se résoudre, même dans des jours de grande prospérité, à donner à leur bassin à

flot une forme irrégulière, et à le faire, on le voit
bien, de beaucoup trop petit !

— *Du doute élevé sur l'intérêt que Boulogne, riche
de ses pêches maritimes, de ses industries des plumes
métalliques, des chaussures et du sciage des bois, —
de quoi encore ? — pouvait avoir à ce que beaucoup
de voyageurs et beaucoup de marchandises transitassent
par chez elle ;* — comme s'il était indifférent à une
Ville telle que la nôtre, d'être ou de n'être pas le
point de départ et d'arrivée d'un très grand nombre
de personnes, parmi lesquelles il en est toujours qui
veulent y rester ou y revenir ; — d'être ou de n'être
pas le centre d'un mouvement considérable de marchandises d'entrée et de sortie, dont la manutention,
la présentation en douane, l'expédition font vivre
une multitude d'employés et d'ouvriers ; — et comme
s'il n'était pas vrai que le commerce de *transit,*
enfance heureuse de la vie commerciale, ne conduisait
point, par la force même des choses, au grand commerce d'approvisionnement et de vente, aliment d'une
navigation lointaine !

— *De la demande d'obliger la Compagnie à creuser immédiatement à cinq mètres son port tout entier ;*—
comme si Boulogne avait quoi que ce soit à gagner à
ce que des capitaux fussent affectés, *avant l'heure
utile,* à des travaux de creusement que l'intérêt même
de la Compagnie lui commandera impérieusement de
faire au fur et à mesure que des navires autres que
ses paquebots se présenteront dans son domaine ; —
et comme s'il ne suffisait pas qu'un certain nombre
de places fussent, au début, ménagées pour quelques-
uns de ces navires, absolument comme on l'a fait
pour notre bassin à flot qui n'a été creusé partout à
profondeur égale que lorsque l'on a vu les navires y
affluer.

— *De la demande de réduire à quatre-vingt-dix-neuf ans le droit de possession de la Compagnie sur les terrains qu'elle aura conquis, les entrepôts, les magasins, les hôtels qu'elle aurait pu y édifier ; de telle sorte qu'à l'expiration de cette période l'Etat en acquît la pleine et entière propriété, sans bourse délier, aussi bien que celle du nouveau port lui-même, des ouvrages qui le constitueront, des bassins, docks, écluses de jonction et autres travaux maritimes par lesquels la Compagnie pourra l'agrandir et le compléter :* — comme si ce n'était pas assez de ce dernier et riche présent fait à notre pays ; et comme si le moyen d'obtenir des capitaux pour développer chez nous l'initiative privée, si somnolente encore, n'était pas de leur assurer la rémunération généreuse sans laquelle ils se refuseront toujours !

Ces petites objections, et bien d'autres qu'il est fort inutile de relever, procèdent toutes d'un esprit méticuleux de méfiance et de dénigrement, que certains hommes prennent encore pour de la sagesse, bien qu'il n'ait jamais produit rien de bon.

Ce n'est pas sous ses inspirations que les cités grandissent : il est temps de les répudier si nous voulons vivre.

————

Puissance financière de la Compagnie

Une observation qui eût eu plus de portée si elle avait trouvé sa raison d'être, est, *le doute élevé sur la puissance financière de la Compagnie du nouveau port.*

L'on se rappelle que, dans sa demande en concession, la Compagnie avait pris l'engagement d'enlever tous les atterrissements qui, par suite de l'exécution de ses travaux, pourraient se former soit à l'entrée du nouveau port, soit à celle du port actuel; de manière à ne compromettre en rien ce dernier (voir page 15).

Cet engagement, Messieurs *Alexandre* ADAM et LIDDELL le renouvelèrent en termes expressifs devant la *Commission Nautique*. En particulier, l'honorable Ingénieur y déclara qu'alliée aux deux Compagnies anglaises des *South-Eastern* et *London Chatham and Dover Railways*, elle trouverait toujours les ressources nécessaires à l'entier accomplissement de cette obligation, dût-elle, ce qui restait incertain, lui imposer de fréquents dragages.

La majorité de la Commission (quatre voix contre trois) ne voulut pas se laisser convaincre; et elle admit *que les garanties financières offertes étaient insuffisantes.*

On n'en peut douter, elle n'avait vu que très superficiellement les choses. Sachant que le capital social était de 7,575,000 fr. ; que la dépense de première construction, presque toujours dépassée, s'évaluait à 7,500,000 fr. elle en conclut que le capital de la société serait dès l'abord absorbé, et que les travaux de dragage, comme ceux d'entretien, ne pouvant plus se solder que sur les bénéfices annuels, les ressources pourraient ne pas toujours être en rapport avec les charges. Elle en inféra que la Compagnie pourrait être réduite un jour à abandonner l'exploitation d'un port qui lui coûterait plus qu'il ne pourrait lui rapporter.

A notre avis, elle a fort mal jugé de l'avenir commercial de ce port; mais ceci est conjectural, et il est permis de différer d'opinion.

Mais elle n'a pas vu que la Compagnie spéciale du nouveau port n'était qu'un auxiliaire et comme une

succursale des deux Compagnies anglaises qui, à
l'exploitation de leurs voies de fer aboutissant au
détroit, ont ajouté celle de la traversée. Elle n'a pas
remarqué que ces deux Compagnies qui, selon toute
apparence, n'en feront bientôt plus qu'une seule,
étaient les premières intéressées à ce que le chenal
du nouveau port et ses eaux intérieures fussent toujours accessibles aux puissants paquebots qu'elles
doivent mettre sur les lignes de Douvres et de Folks-
tone à Boulogne ; et que, par conséquent, aux ressources propres du capital de création et du crédit de
la Société du port il fallait ajouter les leurs, pour se
rendre un compte exact des moyens d'action dont
cette Compagnie disposerait.

Or, dans une publication précédente, la Chambre
de Commerce a établi, en donnant les chiffres officiels à l'appui de ses affirmations :

Que le capital du *South-Eastern*
était de...................... 487,774,850 fr.
Celui du *London-Chatham*, de. 473,772,425

Ensemble.................. 961,547,275

Soit, plus de 960 millions de francs.

Que le produit brut de leur recette avait été en
1872 :

— Pour le *South-Eastern* de.... 44,104,755 fr.
soit, pour 558 kilomètres de voie, 79,320 francs par
kilomètre.

— Pour le *London-Chatham* de.. 22,902,825 fr.
soit, pour 222 kilomètres de voie, 103,606 francs par
kilomètre.

Les derniers rapports, récemment faits aux actionnaires, nous apprennent que, malgré la dépres-
sion des affaires en 1873 qui s'est étendue à toute

l'Europe, [voir au *Journal officiel* du 15 mars 1874, le discours à l'Assemblée nationale du Ministre du Commerce de France, M. DESEILLIGNY] les recettes ont été pour cette dernière année :

— Sur le *South-Eastern* de..... 44,526,475 fr. soit 79,780 fr. par kilomètre.

— Sur le *London-Chatam* de.... 22,612,725 fr. ou 101,859 fr. par kilomètre.

La situation s'est donc maintenue.

Le *chemin de fer du Nord français* ne donnait en 1872 qu'une recette moyenne de 69,888 fr. par kilomètre ; et la comparaison suffit à démontrer quelle est la puissance de ces deux Compagnies.

Le crédit du *South-Eastern*, en particulier, est illimité, parce qu'il a eu relativement beaucoup moins de dépenses de premier établissement que le *London, Chatham and Dover*.

Les craintes d'insuffisance de ressources exprimées dans la *Commission nautique* ne reposaient donc sur aucune raison sérieuse.

La *Commission d'enquête* [voir page XXIII des annexes], après avoir entendu de nouvelles explications de M. LIDDELL, a été absolument de cet avis.

Le Sable.

Une objection plus grave, sans qu'elle le soit, cependant, à notre sens au moins, au degré que de savants hommes ont pu admettre, se tire de l'action que les ouvrages, constituant le nouveau port, pourraient exercer sur le régime de la plage au N.-E. de Boulogne.

Dans le rapport sur les résultats d'une *reconnais-*

sance hydrographique du littoral de la Manche, faite
en 1855, par MM. les Ingénieurs hydrographes
Gaussin et Estrignard, qui s'étaient proposés d'étudier particulièrement la marche des sables, et les
quantités que les eaux en charrient, il est dit :

« Le courant, eutre la Bassure de Baas et la terre,
est un courant de masse. — Sur le fond il a encore
une vitesse assez grande pour expliquer le transport
des sables, même sans admettre qu'ils soient soulevés
par la lame.

» Les eaux sont généralement très-chargées ; elles
tiennent en suspension des alluvions appréciables à
simple vue. Le long d'un canot mouillé, on voit filer
des grains de sable et, si loin qu'on peut les suivre, ils
paraissent avoir une direction horizontale.

» A la suite d'une série de jours de calme, la mer
n'était pas devenue transparente ; elle charriait encore
des sables très-fins et des vases.

» Le sable se dépose avec une grande rapidité dès
que l'eau qui le tient en suspension est en repos. De
l'eau ayant été recueillie dans un vase, on a constaté
qu'un dépôt d'environ un demi-millimètre cube par
litre s'y faisait au bout de quelques minutes. Le dépôt
s'est élevé jusqu'à plus d'un demi-centimètre dans un
gamelot qui avait été abandonné au courant un jour
de calme plat, et qui, pendant trois quarts d'heure avait
pu, tout en flottant, communiquer avec la mer. »

« Ces quantités, a-t-on dit, représentent 1/2000e de la
masse liquide. Or, de ces sables, les uns fins et vaseux,
sont transportés par les courants, même après plusieurs
jours de calme, et à raison de la prédominance du
courant de flot sur celui de jusant ils marchent constamment vers le Nord ; — les autres déposés le long
de la côte, trop lourds pour être emmenés par les
courants, sont soulevés par les lames, et à raison de
la direction habituelle des vents les plus violents
(Sud-Ouest et O.-S.-O.) s'avancent aussi vers le
Nord. »

« Si donc l'on établit une *jetée pleine* à partir d'un point de la côte situé au Sud de Boulogne, il est clair que le sable de la plage sous-marine soulevé par les lames viendra s'amonceler contre la jetée qui s'opposera à son mouvement de progression. La plage ira en s'exhaussant à partir de l'enracinement de la jetée, et les sables en s'avançant vers son extrémité viendront *contourner le musoir* et diminuer de plus en plus la profondeur d'eau d'abord atteinte par la jetée. »

« Les sables fins et vaseux, il est vrai, ne se déposeront pas directement et à leur passage devant ce cap artificiel formé par le musoir de la jetée élevée en eau profonde ; car le courant qui les entraîne, au lieu de se ralentir à cette distance, devra marcher avec plus de vitesse. Mais ils auront un autre moyen de nuire. Il est vraisemblable, en effet, que dans la crique qui va s'ouvrir au Nord, entre le nouveau port et la pointe de la Crèche se produira un vaste remous ; le courant s'infléchissant reviendra comme sur lui-même au Sud le long du rivage pour rentrer ensuite dans le port actuel et le port nouveau. Dans ce mouvement, les sables entraînés par lui viendront se déposer principalement sur les points où la vitesse sera plus ralentie ; c'est-à-dire, à une certaine distance de la côte entre le courant principal partant de l'extrémité du musoir de la jetée et le courant de retour qui sera plus rapproché des falaises. Ils y feront bancs ! Quelle sera leur importance ? Il est impossible de le préciser. »

Telle est l'objection dans toute sa puissance, que nous nous sommes bien gardés d'affaiblir.

Certes, nous ne discuterons pas les théories sur lesquelles elle se fonde.

Il est très-vrai qu'en principe tout pieu planté au bord de la mer, dans la direction des courants, et sous le vent qui domine, peut servir au sable de point d'appui : — ce sable de taupinière peut devenir montagne, et cette montagne faire petit à petit reculer même la mer quand celle-ci ne la détruit pas. Il est très-vrai encore que les eaux de *remous*,(le mot semble dire la chose) par cela même qu'elles sont plus lentes et ont moins d'impétuosité que le courant droit, laissent plus aisément se déposer les sables qu'elles tiennent en suspens.

Mais il faut bien cependant qu'il y ait, dans les circonstances locales, quelque force inaperçue qui contrarie ces données théoriques, et ne leur permette pas de produire tous les effets que la science peut entrevoir.

Car, enfin, depuis que les plages occidentales et septentrionales de la France voient, sous l'action des digues, des jetées, des fascinages, des forts bâtis en mer, de simples rochers même implantés sur le rivage, ces phénomènes des courants et des remous s'accomplir, il y a de longs siècles qu'elles auraient disparu : la terre se serait partout avancée, le détroit du Pas-de-Calais ouvert par quelque effrayant cataclisme se serait fermé, et l'Angleterre, qui en a fait partie dans les temps pré-historiques, aurait été rattachée au continent !

Nous ne voyons rien de semblable cependant ! La mer se retire sur un point, et capricieusement ronge la terre sur un autre. Somme toute, selon l'expression du savant *général du Génie* TRIPIER (*Des ports de refuge sur la Manche, Brochure in-8° 1869*), il s'établit une sorte d'équilibre ; et tout porte à croire que les plages, depuis leur origine, *n'ont pas beaucoup changé.*

Appliquons directement cette observation à nos localités !

— Est-ce que les forts de la *Crêche* et de l'*Heurt*, bâtis depuis si longtemps, ne sont pas toujours là, émergeant au-dessus des sables de la même hauteur qu'à leur création ?

— Est-ce que la *Roche Bernard*, si populaire et qui fait la joie de tant de jeunes gens lorsqu'aux grandes basses-mers équinoxiales, elle se rend, une ou deux fois par an, accessible, et livre à leurs convoitises ses huîtres, ses moules et ses crabes, ne se montre pas toujours dominant la plage ?

— Est-ce que les vieux fascinages du très-ancien port de Boulogne ne découvre pas encore de temps à autre ?

Ce sont là des faits, et les faits sont d'un rare entêtement.

Et, cependant, que de sinistres prédictions contraires n'avons-nous pas entendues lorsque M. Marguet, par exemple, dès 1823 conçut la nouvelle entrée du port de Boulogne, et la construction des jetées qui devaient la former. C'en était fait de la plage de l'Est ! Cette entrée nouvelle elle-même se comblerait sans que les chasses pussent l'empêcher ! etc., etc. Ce fut au point que, lorsque les travaux ouverts le 9 mai 1830. après sept années de luttes et d'instruction sans fin, s'achevèrent en 1836, et que la facilité de la nouvelle entrée ayant été démontrée, la Chambre de Commerce crut le moment venu de récompenser, dans la personne du savant ingénieur, tant de fermeté d'esprit et de dévouement, en lui décernant une médaille d'or, au jour-anniversaire du battage du premier pieu, le 9 mai 1836, elle lui disait :

« La Chambre qui s'est en quelque sorte associée à
» votre œuvre ne pouvait rester indifférente au beau

» succès que vous avez obtenu, et que rendent plus
» éclatant les fâcheuses préventions contre lesquelles
» vous avez eu à lutter dans l'accomplissement de la
» tâche si difficile que vous vous étiez imposée. »

Or, le chenal nouveau ne s'est point comblé, les chasses l'ont entretenu, la drague aujourd'hui ajoute à leur action, et c'est pour le mieux. La plage N.-E. existe encore ; et, ce qui est remarquable, plus on s'approche de la ligne que la mer dans aucun de ses états n'abandonne, plus la fixité du sol sous-marin se démontre et s'affirme.

Beaucoup de sondages ont été faits ici de 1860 à 1873, dans un grand nombre de directions de la rose des vents. Nous avons établi sur pièces authentiques les moyennes des résultats qu'ils ont donnés dans la direction que suivent le plus habituellement les navires qui presque tous viennent longer le musoir de la jetée S-O., et nous les publions page XXXIII des annexes.

A étudier attentivement ce tableau, l'on est frappé des variations *momentanées* que subit la plage S.-O., dans ses parties les plus voisines de la terre ; — mais, en même temps, de ce qu'il faut appeler la solidité du terrain que la mer ne découvre pas.

Ainsi, à 250 mètres de distance du musoir, en 1865, la sonde ne peut pas même être jetée, il n'y a pas une goutte d'eau ; — en 1869, elle en trouve 0,11 centimètres pour revenir au néant de 1870 à 1873 ! Même remarque à 350 mètres, où de 50 centimètres la hauteur d'eau trouvée s'élève à 0,58 pour se perdre à 0,00 et revenir en 1873 à 0,31 ; et ainsi de suite. Mais arrivée à 550 mètres, la sonde trouve presque uniformément des hauteurs de 2 m. à 2 m. 42, et à 700, 750, 800 mètres, des hauteurs *à peu près invariables* de 3 m. 15 à 3 m. 20.

Il nous semble bien que ce qui s'en dégage le plus nettement, c'est l'idée de la quasi fixité des plages, de M. le *Général* TRIPIER, — de notre plage au moins.

Et, en effet, il y a longtemps que cette fixité relative a frappé les esprits les plus judicieux. L'ingénieur FERREGEAU, — mort en plein exercice des fonctions d'Inspecteur Général, et qui, attaché au port de Boulogne, à la fin du siècle dernier, y écrivait le 12 pluviôse an III, — au nom d'une Commission spéciale créée le 2 thermidor même année par le *Comité de Salut public,* pour *examiner le port de Boulogne, et indiquer les moyens de tirer de sa position tous les avantages dont il pouvait être susceptible,* — un rapport que l'on a bien souvent cité, — disait à cette date :

> « La tradition du pays, confirmée par plusieurs faits
> » historiques, tend à prouver, d'abord, la non détério-
> » ration du port et sa permanence dans un état qui en
> » laisse l'entrée libre depuis quinze siècles ; et ensuite,
> » que la destruction de la côte n'excède pas trois
> » pouces par an ; observations d'autant plus impor-
> » tantes à consigner, qu'au dessus et au dessous, tous
> » les hâvres et les ports anciens sont comblés, et que,
> » d'après les progrès des ensablements, ceux qui
> » existent encore ne peuvent manquer de l'être à une
> » époque très prochaine. A Etaples, les sables ont
> » couvert des villages entiers; les entrées de Gravelines
> » et de Calais deviennent chaque jour plus difficiles ;
> » à Dunkerque la barre qui protège et forme la rade
> » croît d'une manière effrayante, et il n'y a que 15 1/2
> » à 16 pieds de profondeur à l'entrée des jetées en
> » vives eaux ; la rade d'Ostende est moins bonne que
> » celle de Dunkerque, et le port se comble de 14 c.
> » par an. »

Tout ceci tend au moins à prouver qu'en cette difficile matière, comme en tant d'autres, il faut se garder des idées trop absolues. Elles conduiraient à

4

raser toutes nos jetées pour la plus grande liberté du passage des flots ! Et qui sait, M. l'Ingénieur LIDDELL pourrait bien avoir eu complètement raison quand dans la note que le 28 novembre 1873 il adressait à la *Commission d'enquête*, il disait :

« Je soutiens que le gros sable n'est pas mis en » mouvement par le courant de la marée. Je soutiens » qu'il faudra cent ans au moins pour que le sable » s'accumule en quantités suffisantes pour remplir » l'angle formée par la côte et la digue (jetée) portée » à la profondeur de 8 à 10 mètres. Je ne prétends » pas que la vase et le sable très-fin ne circuleront » pas en petites quantités à l'Est et au Nord de la » digue ; mais j'affirme énergiquement que très-peu » de dépôt aura lieu, car cette vase légère et ce sable » fin sont tenus en suspension dans les eaux agitées » et ne se déposent que dans les eaux d'une profon- » deur considérable. »

Ce que nous voulons en conclure encore, c'est que l'influence offensive des sables n'est pas autant à craindre que des esprits trop clairvoyants l'ont pensé ; et qu'il est plus certain, que quelques-uns n'ont voulu l'admettre, *que le travail humain en aura parfaitement raison.*

Quand donc, dès son premier mémoire du 10 *août* 1872, en prévision de cette objection des sables, M. l'Ingénieur en chef LEGROS conseillait de construire la jetée sud-ouest du nouveau port, à larges pertuis ; à cette fin que les sables de toute espèce y pussent pénétrer, et que, retenus par un quai intérieur, ils y pussent être dragués dans les conditions les plus favorables, il donnait à la difficulté l'une de ces solutions qui, une fois produites, semblent naïves tant elles sont naturellement indiquées ; mais qui n'en était pas moins la plus heureuse des solutions.

C'est l'histoire vraie ou fausse de l'œuf de Christophe Colomb !

Craint-on que ce travail de dragage perpétuel n'impose de trop lourdes charges annuelles à la Compagnie; bien que la suppression de la plage actuelle du Châtillon, qui disparaîtra sous les remblais, doive réduire, dans une très-grande proportion, la masse de sable que le vent d'Ouest soulève et précipite aujourd'hui contre la dune de la Batterie ? on peut chercher une solution différente, par exemple, dans une forme octogonale du port, qui ne laisserait aux ensablements que des appuis très-courts et dont tous les angles seraient atteints par les courants.

Mais il n'en restera pas moins vrai que nous sommes en présence d'une conception de premier ordre, dont l'adoption doit ouvrir au Commerce de Boulogne une ère féconde de vitalité et d'expansion.

Soutenons-la de nos communes adhésions ! Nationalisons-la en entrant tous, selon la mesure de nos moyens, dans la société qui l'a produite et veut la réaliser ! Honorons les hommes qui la défendent : — et n'ayons pas trop peur des sables !

20 *Mars* 1874.

ANNEXES

CRÉATION
D'UN PORT EN EAU PROFONDE
A BOULOGNE
Au Sud-Ouest du Port actuel

ENQUÊTE

Le PRÉFET du Pas-de-Calais, Chevalier de la Légion d'honneur,

Vu l'avant-projet présenté par une Compagnie instituée sous le nom de *Compagnie du port de Boulogne* pour la création, en cette ville, au sud-ouest du port actuel, d'un nouveau port accessible à toute heure de marée aux bâtiments d'un fort tonnage ;

Vu les pièces à l'appui de cet avant-projet ;

Vu la dépêche ministérielle du 22 septembre 1873 ;

Vu l'ordonnance réglementaire du 18 février 1834 et la loi du 3 mai 1841,

ARRÊTE :

Article 1er. — Les pièces ci-dessus visées, relatives à la création d'un port en eau profonde, à Boulogne, au sud-ouest du port actuel, seront déposées pendant un mois, à compter du 22 octobre 1873, à la mairie de Boulogne.

Art. 2. — Un avertissement annonçant ce dépôt sera publié dans la ville de Boulogne, suivant le mode ordinaire de publication, et affiché aux lieux accoutumés par les soins de M. le Maire, qui certifiera que ces publications et affiches ont eu lieu conformément à la loi. Ledit avertissement sera, en outre, inséré dans l'un des journaux publiés à Boulogne.

Art. 3. — Pendant toute la durée de l'enquête, il sera, par les soins de M. le Maire de Boulogne, ouvert à la mairie de ladite ville un registre destiné à recevoir les observations, déclarations et réclamations du public. A cet effet, les auteurs desdites observations, déclarations et réclamations seront tenus de les signer. Celles qui auraient été produites par écrit seront annexées aux registres dressés en forme de procès-verbaux.

Toutes les pièces de l'enquête, celles qui constateront les publications, affiches et insertions, ainsi que le dossier communiqué, seront envoyés à la Sous-Préfecture, dans le délai de trois jours, après la clôture de l'enquête, pour être mis sous les yeux de la Commission d'enquête mentionnée en l'article suivant.

Art. 4. — Sont nommés Membres de la Commission à instituer en exécution de l'article 10 de l'ordonnance réglementaire du 18 février 1834 :

MM. DEWAILLY, maître de forges, administrateur des usines de Marquise, membre du Conseil général ;
DUFOUR, membre du Conseil général ;
HURET-LAGACHE, président du Conseil d'arrondissement ;
LIVOIS, ancien Maire de Boulogne ;
LONQUÉTY aîné, négociant à Boulogne ;
PAMART, *Louis*, négociant à Boulogne ;
PETIT, *Jules*, négociant, commissionnaire-expéditeur à Boulogne.

Art. 5. — Cette Commission se réunira à la Sous-Préfecture, à Boulogne, sous la présidence de M. DUFOUR, le 27 Novembre prochain, à une heure de relevée, et les jours suivants, s'il y a lieu. Elle entendra MM. les Ingénieurs des ponts-et-chaussées et MM. les Ingénieurs des mines employés dans le département, ainsi que toutes autres personnes qu'il lui paraîtrait utile de consulter.

Ladite Commission donnera son avis motivé sur l'utilité publique du projet, ainsi que sur les observations, déclarations ou réclamations produites pendant les enquêtes, ou qui lui seraient adressées directement pendant le cours de ses opérations, qui devront être terminées dans le délai d'un mois.

A l'expiration de ce délai, le procès-verbal de la Commission sera clos. Le Président le transmettra immédiatement au Sous-Préfet avec toutes les pièces de l'affaire et son avis.

Art. 6. — Les Chambres de Commerce d'Arras, de Boulogne, de Calais et de Saint-Omer sont invitées à délibérer et à exprimer leur opinion sur l'utilité et la convenance du projet. Leurs délibérations devront être adressées à la Préfecture avant le 22 Novembre prochain.

Art. 7. — M. le Sous-Préfet de Boulogne est chargé de l'exécution du présent arrêté.

Fait à Arras, le 13 Octobre 1873.

Le Préfet,

Cte DE RAMBUTEAU.

I. DÉLIBÉRATION DE LA CHAMBRE DE COMMERCE DE BOULOGNE-SUR-MER

[5 Décembre 1873]

La Chambre de Commerce de Boulogne-sur-mer,

Vu la demande en concession formée par la Compagnie anglo-française du nouveau port de Boulogne ;

Vu spécialement le tarif des perceptions proposées pour constituer le revenu de cette création ;

Vu toutes les pièces formant le dossier de l'enquête, ensemble les différents dires qui s'y sont produits ;

Vu la loi du 27 juillet 1870 ;

Ouï le rapport qui lui est présenté, et en adoptant les conclusions et propositions ;

Considérant qu'il y a lieu de tenir pour des plus équitables les conditions de la concession proposées par la Compagnie, à savoir : — quatre-vingt-dix-neuf ans pour la durée de la possession à titre privé de son port et des ouvrages spéciaux, tels que les jetées, les digues, les quais, les docks, les voies publiques qui le constitueront et le complèteront : années après lesquelles ce port fera gratuitement retour à l'Etat ; — droit perpétuel de propriété pour les terrains limités qu'elle aura conquis sur la plage et la mer, et les entrepôts et magasins qu'elle aura édifiés ;

Que la stipulation du droit de rachat du port à toutes les époques de la période de quatre-vingt-dix-neuf ans, suffit à la sauvegarde des intérêts généraux qui pourraient rendre nécessaire sa prise de possession anticipée par l'Etat ;

Que le droit d'expropriation pour cause d'utilité publique sera toujours ouvert à l'égard des terrains concédés et de leurs superfices ;

Considérant, d'autre part, que le tarif des perceptions proposé par la Compagnie est des plus modérés, basé qu'il est soit sur la loi récente de la marine marchande qui n'a suscité en cette partie aucune réclamation sérieuse, soit sur les prix des mêmes services déjà usités ici depuis de longues années, et acceptés comme justes par tout le monde ;

Considérant que les travaux projetés sont, en eux-mêmes, bien conçus ;

Qu'il est à l'unanimité reconnu que dans le cas où ils ne modifieraient pas très-sensiblement le régime de la plage au Nord-Ouest du port nouveau, ils amélioreront, en l'abritant, l'entrée du port ancien ;

Considérant que ces modifications sont plus qu'incertaines ; tandis qu'il est démontré par l'expérience qu'à l'aide tant des dragages qu'elle opérera constamment, ainsi que cela se pratique dans les ports principaux de l'Angleterre, que des ouvrages nouveaux déjà indiqués que la situation lui conseillerait de construire, la Compagnie pourra toujours les rendre inoffensives ;

Considérant que l'engagement formel qu'elle a pris dans la Note annexée à sa demande en concession, et qui en fait partie intégrante, d'enlever tous les attérissements qui pourraient se former, par suite de l'exécution des travaux, à l'entrée tant du nouveau port que du port actuel de Boulogne, de manière ne compromettre en rien la situation de ce dernier port, désintéresse complètement, à cet égard, et l'Etat et la Ville de Boulogne ;

Considérant que la haute moralité des représentants officiels de la Compagnie qui prend cet engagement, son capital propre, la valeur des ouvrages qu'elle aura construits, la puissance financière et l'état de prospérité des deux Compagnies anglaises du *South-Eastern-Railway* et du *London Chatam and Dover Railway* qui en seront les actionnaires principaux, très-intéressés à prévenir toute déchéance, présentent à l'Etat et à la Ville des garanties de premier ordre et très suffisantes ;

Considérant, enfin, qu'il n'est pas contesté que la création du nouveau port rendra les plus grands services à la Ville de Boulogne, et sauvegardera son avenir ;

Que l'industrie et le Commerce de la région que ce port est appelé à desservir en profiteront comme elle ;

Qu'en cela, l'intérêt public et l'intérêt de la Cité se confondent absolument ;

Considérant que le port nouveau est destiné à exercer la plus grande influence sur la direction du Transit ; qu'il contribuera très-certainement à le conserver à la France, et à l'empêcher de se détourner sur Anvers, pour aller prendre les lignes étrangères ; qu'à ce point de vue, le projet revêt un caractère très-élevé d'entreprise nationale ;

En prenant acte de l'engagement, contracté, devant la Commission nautique, par l'ingénieur et l'un des représentants principaux de la Compagnie, de creuser, dès les premiers temps de l'ouverture du port, un chenal d'accostage pour les navires de Commerce, égal à celui qui aura été établi pour les paquebots des Compagnies intéressées, et de telle sorte que ce port offre le plus tôt possible un refuge aux forts navires exposés dans le détroit ;

Et moralement certaine, d'ailleurs, que la Compagnie se concertera toujours avec elle pour le réglement de ses perceptions, afin de concilier dans toute la mesure du possible avec ses intérêts propres les intérêts commerciaux et maritimes de la Ville de Boulogne

EST D'AVIS :

1º. — Que le projet soumis à l'enquête a tous les droits à la déclaration d'utilité publique ;

2º. — Qu'il est conçu de la façon la plus convenable au but proposé, et qu'il doit être dans l'ensemble agréé tel qu'il se produit, sauf les modifications et améliorations de détail qui pourront résulter des conférences entre MM. les Ingénieurs de la Compagnie et les Conseils du Gouvernement en matière de travaux de cet ordre,

Et décide que la présente délibération sera transmise, avec le rapport qui l'a motivée, à la Commission d'enquête et à Monsieur le Préfet du Département.

POUR EXTRAIT CONFORME :

Le Secrétaire-Titulaire de la Chambre :

A. VIDOR.

II. DÉLIBÉRATION DU CONSEIL MUNICIPAL DE BOULOGNE

[9 Décembre 1873].

LE CONSEIL MUNICIPAL DE LA VILLE DE BOULOGNE-SUR-MER,

Connaissance prise du projet présenté par une compagnie anglo-française, pour la création, au Sud-Ouest du port actuel de Boulogne, d'un nouveau port en eau profonde ;

Après en avoir délibéré,

Attendu que le projet, actuellement soumis aux formalités de l'enquête administrative, intéresse sur beaucoup de points l'avenir de la Ville de Boulogne ;

Que, tout d'abord, l'industrie de la pêche maritime, qui place notre port au premier rang des ports de pêche français, réclame depuis longtemps une amélioration considérable et radicale du système actuel ;

Que cette mesure consisterait dans la création d'un port méditerranéen, dont le premier et le plus précieux avantage serait d'exonérer immédiatement la pêche de délais souvent fort longs, entre deux marées, pour continuer de fructueuses opérations dont le succès se trouve parfois sérieusement compromis par des pertes de temps plus ou moins considérables ;

Qu'avec le port projeté, nos pêcheurs seront exonérés de cette éventualité, puisque, pouvant accoster *à toute heure*, débarquer et vendre sans retard leur marchandise, il leur sera loisible de reprendre la mer, également *à toute heure*, et de ne plus perdre ainsi, comme aujourd'hui, le bénéfice devant résulter pour eux d'une seconde marée dans la même journée ;

Qu'à ce premier point de vue donc, le projet donne satisfaction à un intérêt réel et important : — les opérations de la pêche maritime et des salaisons à Boulogne se chiffrant chaque année par une somme qui atteint près de 8 millions ;

Attendu qu'à côté de cet intérêt spécial vient s'en placer un autre, non moins digne de considération, puisqu'il se lie intimement à l'intérêt général et revêt même un caractère essentiellement national ;

Qu'en effet, par la création projetée, le port de Boulogne verra s'accroître et s'étendre ses relations, son transit et les branches multiples qui s'y rattachent ; qu'il attirera vers lui les marchandises qui, dans ces dernières années surtout, ont forcément pris une autre direction ; que la conséquence naturelle de cette nouvelle situation se traduira, tout à la fois, par un développement rapide des affaires et un mouvement ascensionnel et marqué, sans doute, dans sa population ;

Que ces avantages sont tels que la ville de Boulogne ne peut qu'accueillir avec faveur un projet appelé à exercer sur son avenir une influence aussi considérable ;

Qu'elle doit d'autant mieux le faire qu'elle verrait ainsi s'établir chez elle, sur son territoire, une œuvre destinée à combler, en partie, une lacune des plus regrettables ;

Qu'il faut reconnaître que la France est de beaucoup en arrière d'autres nations pour son réseau télégraphique, pour l'étendue et le régime de ses chemins de fer, pour ses canaux, pour l'ensemble d'un système dont les ports ne forment pas la portion la moins importante ni la moins digne d'intérêt ;

Que, cette infériorité constatée, elle doit faire les plus grands efforts pour se relever, se mettre sur le pied d'égalité avec les nations qui l'avoisinent et la menacent jusque dans ses richesses naturelles, c'est-à-dire l'excellence d'une position qui la désigne comme l'intermédiaire obligé du commerce entre l'Europe et les autres continents ;

Qu'à tous ces égards, il faut que le trafic des ports français se développe ;

Que notre marine marchande a le plus grand intérêt à ce que ce courant des marchandises, à l'entrée et à la sortie, soit en France, et non pas chez des nations concurrentes ;

Qu'il faut, pour cela, que dans nos ports et notamment celui de Boulogne, les navires trouvent des facilités analogues à celles que présentent les ports étrangers d'Anvers, de Gênes ou de Hambourg ;

Que, pour ne citer que l'un de ces ports, — celui d'Anvers, — la prospérité inouïe qu'il a acquise depuis peu d'années est de nature à inspirer aux Administrations publiques françaises les plus sérieuses comme les plus graves réflexions ;

Que ce port, par son importance actuelle et celle que semble lui réserver encore un avenir peut-être prochain, est devenu le rival, le concurrent le plus redoutable des ports de la Manche et du Pas-de-Calais ;

Qu'en effet, de 730 navires et 120,000 tonnes qu'il recevait en 1830, le port d'Anvers a vu décupler son importance commerciale, puisqu'en 1871 il est entré dans ses bassins 5,442 navires jaugeant 1,824,744 tonnes et qu'en 1873, ces chiffres s'élevèrent à 7,000 navires comportant 2,300,000 tonnes ; qu'il y a quinze ans, Anvers n'avait que 2 bassins et qu'aujourd'hui il en possède 6, présentant, indépendamment des quais de l'Escaut, un développement de 6 à 7 kilomètres de longueur de quais pouvant recevoir 500 navires ; que bientôt même, à ces 6 bassins viendront s'ajouter quatre nouveaux ouvrages semblables, n'ayant pas seulement, comme les premiers, 6^m 70 à 7 mètres de hauteur d'eau mais bien 8^m au *minimum* ;

Qu'à tous ces avantages, Anvers en joint un autre non moins appréciable, celui de posséder quatre lignes ferrées desservant son port et qui se dirigent l'une vers la Hollande; une autre vers Lille et le Nord de la France ; une 3e aussi vers la France (Aisne et Ardennes) par Bruxelles et Namur, ainsi que vers la Lorraine et l'Alsace, dans toute sa longueur ; une 4e vers l'Est de la Belgique et de l'Allemagne par Maëstricht, Aix-la-Chapelle, etc. ; que bientôt une 5e ligne mettra Anvers en communication avec Gladbach, point de jonction des lignes prusso-allemandes et aboutissant au Nord, vers le Hanovre ; — à l'Est, vers la Prusse et la Saxe ; — au Sud, vers les provinces du Rhin, Bade, Wurtemberg et la Bavière ;

Que ce simple énoncé démontre de la manière la plus

probante la position toute exceptionnelle d'Anvers, dont le port, par cinq grandes voies, rayonnera vers les points les plus extrêmes et les plus importants de l'Orient ;

Que la France ne peut opposer que le port du Hâvre à la concurrence colossale dont le port d'Anvers est devenu le centre ; — et que le Hâvre voit son commerce décroître et passer précisément à Anvers, où semble vouloir se porter tout le commerce de transit international ;

Qu'Anvers a pu, en grande partie, étendre sa sphère d'activité et prendre un si rapide essor, grâce à l'aide que lui ont prêté les compagnies de chemins de fer, qui ont su combiner leurs tarifs de façon à ce que les marchandises trouvent soit à leur point de départ pour Anvers, soit à Anvers, même pour se diriger vers leur destination définitive, des tarifs réduits qui laissent un écart considérable avec les tarifs que ces mêmes marchandises subissent pour se rendre au Hâvre ; que cet écart est tel qu'il n'y a guère d'hésitation possible à les envoyer sur Anvers ; que, sans entrer ici dans le détail des chiffres et des tarifs, le Conseil municipal se bornera à constater que les expéditions à destination de Charleville, Sedan, Reims, Toul, Vesoul, Neufchâteau, Gray, offrent une différence notable à l'avantage d'Anvers sur le Hâvre, nonseulement sur les matières premières qui alimentent le commerce et l'industrie de ces villes, mais aussi sur les produits fabriqués, les vins de Champagne, par exemple, qui parviennent à meilleur compte sur les quais d'Anvers que sur ceux du Hâvre ;

Que pour que notre pays conserve les avantages de sa position géographique, il faut qu'il puisse lutter à armes égales avec les ports étrangers ; qu'il faut, de toute nécessité, que le gouvernement exécute les grands travaux d'amélioration et d'agrandissement de nos ports, pour qu'ils puissent s'ouvrir au frêt d'arrivée comme au frêt de sortie d'une partie de l'Europe, et qu'ils offrent à la marine, — selon le vœu formulé il y a quelques jours encore par M. le Ministre du commerce, — des avantages de sécurité, de facilité d'accès, d'économie de manutention, de rapports aisés et rapides avec tout le réseau des chemins de fer ; que, subsidiairement, le gouvernement, selon les vues exprimées en principe par le même homme d'Etat, — lequel a pu, tout dernièrement, apprécier à Boulogne même la question, — doit seconder les efforts des Compagnies et des Sociétés particulières qui, — à l'exemple de la Société Anglo-Française, constituée à Boulogne, lui apportent des capitaux pour la réalisation des entreprises dont il ne peut actuellement se charger, dans la situation de nos finances ;

Attendu que le projet soumis à l'enquête s'attache à combler les lacunes que le Conseil vient de signaler ;

Qu'il met un moyen de plus au service du travail national ; qu'il est, en un mot, un accroissement sérieux, incontestable de la richesse générale du pays ;

Que par là surtout, il se distingue de la proposition lancée en 1868-1869 par des spéculateurs étrangers, dans le but de créer un port à Audresselles ; — proposition qui a soulevé contre elle la presque unanimité des avis exprimés à son sujet, et que le commerce national, par la bouche autorisée de ses représentants immédiats dans les Chambres de commerce, a repoussé avec la plus vive énergie; — l'exécution du travail qu'elle projetait devant amener pour conséquence la plus certaine un désastreux déplacement d'intérêts respectables pour deux villes en pleine prospérité, formant une importante partie du capital de la France, — et ce, sans compensation pour le plus grand nombre ;

Qu'il est de la dernière urgence de répondre aux besoins du transit international ;

Qu'un port est, avant tout, le point où se rencontrent l'offre et la demande des centres industriels et commerciaux groupés dans la région qui l'entoure ;

Que l'entreprise soumissionnée par la Société Anglo-Française présente ce caractère, puisque sa réalisation exercera une grande et salutaire influence sur l'extension du commerce local, de sa pêche, de ses industries diverses, avantages dont profiteront les grandes villes manufacturières du Nord et du Nord-Est de la France, avec lesquelles Boulogne sera en continuelles relations d'affaires ;

Que cette entreprise permettra, sans le moindre doute, le passage rapide et économique des marchandises traversant la France, sans s'y arrêter ; qu'elle assurera, en outre, dans un temps donné, des approvisionnements dont un peuple ne saurait laisser le soin à ses rivaux en industrie ;

Qu'en un mot, ce projet seul est appelé à réaliser tous les avantages que la position de Boulogne, comme principal port de la Manche, doit lui assurer ;

Par tous ces motifs,

Le Conseil municipal appuie vivement le projet tendant à transformer Boulogne, port incomplet, insuffisant à coup sûr, en port accessible à toute heure de la marée aux navires d'un plus fort tonnage.

Il émet, en conséquence, au nom de la Ville, un avis favorable à l'accueil de la demande faite à ce sujet par la Société Anglo-Française.

Et, comme complément, il se range très-volontiers aux idées émises, il y a peu de jours, par M. le Ministre du Commerce, relativement à l'abaissement des tarifs des chemins de fer français, lesquels mettent en communication nos ports avec les grands centres industriels de France et d'Europe, — seul moyen « d'assurer à notre » marine ce qu'il y a de plus précieux et de plus important pour elle, l'activité et le progrès dans son trafic. »

Il charge M. le Maire de transmettre, à titre de dire, la présente délibération à M. le président de la Commission d'enquête instituée par arrêté préfectoral du 13 octobre 1873.

Fait en séance, le 9 décembre 1873.

Pour copie conforme :

Pour le Maire de la ville de Boulogne,

C. CHAUVEAU,

Adjoint.

III. DIRE ADRESSÉ A LA COMMISSION D'ENQUÊTE PAR LE COMITÉ DES ARMATEURS DE PÊCHE.

[16 Décembre 1873.]

Le Commerce assure la prospérité de toutes les Villes où les voies de communication procurent sécurité et célérité aux transactions industrielles. Rapidité, sécurité, c'est l'économie ; et l'économie en affaires est le but, l'objectif de toutes les vastes entreprises.

Aucune voie, plus que celle de la mer, n'est l'objet des prédilections du commerce. Dès qu'un port s'ouvre à ses vaisseaux, il s'en empare pour faire affluer la fortune dans la ville qui s'y adosse. Plus le port est important, plus la richesse y abonde. C'est d'une vérité incontestable.

Même dans les temps anciens, alors que le commerce en enfance se bornait à des échanges restreints, les Villes — ports de mer — prenaient sur les Villes d'intérieur une prééminence signalée. De nos jours, les ports vastes et sûrs font de leurs villes les Reines, les Capitales du monde commercial, les entrepôts du globe.

L'Angleterre au sol ingrat, au domaine restreint s'il était borné aux Iles Britanniques, doit tout à ses ports. La Prusse le sait bien ; et son génie, fatal au nôtre, cherche à s'ouvrir un débouché vers la mer, non plus dans les glaces de la Baltique, mais près de nos frontières, en Belgique, où le port d'Anvers s'agrandit comme une menace.

La Prusse prévoyante, persévérante dans son œuvre, cherche à atteindre la France dans son commerce. Anvers est la forteresse élevée contre notre fortune.

Le cri d'alarme a été jeté par M. Amédée Marteau dans une brochure ayant titre : *Le Port d'Anvers*, où, en réponse à la question : « Où Anvers a-t-il trouvé l'argent nécessaire ? » M. Amédée Marteau dit que l'auteur et l'exécuteur des projets réalisés est M. Stroussberg, le

Prussien des chemins de fer de Roumanie, le protégé de M. de Bismark : et prouve qu'Anvers n'a qu'à s'adresser à l'Allemagne pour en obtenir argent et avantages de transit. M. Marteau conclut par ce passage, qui doit bien faire réfléchir la France : « Anvers a été aidé, d'une part, » par nos fautes et notre inertie, de l'autre, par des intérêts » en antagonisme avec les nôtres..... Il y a conspiration, » conspiration évidente contre nous, non-seulement au » point de vue de la grandeur nationale, mais au point de » vue commercial. On veut créer des courants contraires » et nul sacrifice ne coûtera *à personne*, pour y parvenir. » Au Nord, Anvers contre le Havre et les ports de la » Manche, Anvers présentement peuplé d'Allemands ; au » Midi, Gênes contre Marseille..... »

L'Italie aidant son alliée, la Prusse ! N'y a-t-il pas là de quoi faire sortir la France de son inertie et l'engager à élever forteresse contre forteresse, ports contre ports.

Parmi les ports à créer, celui qu'on projette à Boulogne réunit les avantages de la bonne position géographique et d'adossement à une Ville en pleine prospérité.

Une Compagnie s'est formée pour créer ce port, non point avec les compléments que pourra apporter l'avenir, mais capable d'attendre la progression espérée du transit des deux mondes qui s'y effectuera : — port qu'il dépendra du Gouvernement et de la bonne volonté des Compagnies de chemins de fer de rendre le rival heureux de celui d'Anvers, lorsque les tarifs de circulation et les droits d'entrée permettront de lutter avec le bon marché de nos voisins : — port qui doit transformer Boulogne en grande Ville.

Le Comité de Pêche appuie donc de tous ses vœux la réalisation du projet ; car en dehors de toutes les considérations patriotiques qui militent en faveur d'un Port en eau profonde à créer au Sud-Ouest du port actuel, il peut encore motiver son opinion sur les avantages sérieux qu'en retirera la Pêche qu'il représente ici.

La Pêche, source de la prospérité de Boulogne, en est restée l'un des plus importants éléments, puisqu'en ne chiffrant que les produits vendus à la Halle au Poisson depuis son ouverture, on trouve les totaux suivants :

En 1867	6,811,242 fr. 36 c.
1868	6,603,260 33
1869	6,288,128 17
1870	4,705,548 11
1871	7,616,173 »
1872	6,430,977 31
Ensemble	38,455,329 fr. 28 c.

La Pêche subit l'influence du bon ou mauvais état de notre Port ; — et nous en avons la preuve irréfutable dans un mémoire lu au Conseil municipal le 2 mars 1792 : « Le nombre de nos matelots, y est-il dit, a éprouvé des » variations, selon l'attention que le Gouvernement a eue » d'entretenir notre port. En 1713, on se plaignait, que, » par sa négligence, l'entrée et la sortie en étaient deve- » nues si dangereuses, et qu'il se perdait annuellement un » si grand nombre de bateaux pêcheurs, que les proprié- » taires ne se souciaient plus de les renouveler. Les » matelots, sans occupation et accablés de misères, se » retiraient dans d'autres villes, ou même passaient en » Angleterre, à Ostende, à Nieuport ; de sorte qu'on *ne* » *comptait plus alors que trente pêcheurs de harengs* » *dans le port de Boulogne.....!* »

Mais, sans puiser dans ce mémoire volumineux et qui fait ressortir parfaitement combien les intérêts de la pêche sont liés avec la bonne accessibilité d'un port, le Comité de Pêche en trouve la preuve patente dans l'ex- tension de l'industrie maritime depuis l'achèvement des grands travaux du port actuel commencés vers 1829, et auxquels la pêche a dû des résultats quintuples de ce qu'elle produisait auparavant.

Des chiffres feront ressortir la progression. Ils sont em- pruntés aux documents de la Chambre de Commerce et aux statistiques de la Marine :

En 1801, la pêche du *Quartier* de Boulogne donnait 929,916 fr.

1811,	»	»		»	»	634,476
1821, 200 bat. jaug. 3929 ton. et 1525 h. d'éq. 1,343,792						
1831, 213	»	3702	»	2005	»	1,351,401
1841, 208	»	3223	»	1717	»	2,473,293
1851, 253	»	4845	»	2660	»	2,722,319
1861,	»	»	»¹	»	»	4,319,714
1871, 268	»	7433	»	3093	»	8,772,937

Les bateaux de pêche, qui n'étaient autrefois que les barques non pontées, que l'on trouve encore à Camiers et à Cucq, sont devenus les lougres améliorés par la science des constructeurs, perfectionnés par l'introduction de la vapeur pour le virage au cabestan, et de l'hélice auxiliaire; et qui font la campagne d'Ecosse avec la même facilité qu'un voyage dans les eaux du Griz-Nez.

Si la ville entière de Boulogne ne vit pas exclusivement du produit de la pêche, une portion de sa population en subsiste, et la classe maritime, si intéressante pour un pays, n'a que cette industrie pour gagne-pain.

« L'objet le plus intéressant pour l'Etat ce sont nos » pêcheries, lit-on dans le mémoire cité plus haut : il y a » longtemps qu'on a dit: *Sans pêcheries point de com-* » *merce, sans commerce point de matelots,* SANS MATELOTS » POINT DE MARINE MILITAIRE. *Les pêcheries de Boulogne* » *méritent donc toute la protection du Gouvernement,* UN » PORT SUR ET COMMODE..... »

C'est ce que le Comité de Pêche croit devoir redire; car de la prospérité de la pêche — laquelle dépend en grande partie de l'état du port — dépend aussi le développement de la population maritime du littoral, laquelle augmente ou décroît selon les résultats plus ou moins heureux, plus ou moins fructueux de la pêche.

L'Etat a un intérêt de premier ordre à l'accroissement de notre population de marins si actifs, si industrieux, possédant les qualités qui les font estimer comme les meilleurs hommes d'équipage de tout le littoral français. Les officiers de la marine militaire pourront certifier ce fait.

La pêche qui les fait vivre, en augmentant d'importance, fera accroître le nombre des marins nécessaires à ses labeurs. Or, on peut assurer que la pêche Boulonnaise, loin d'être à son apogée, n'est encore que dans ses premiers développements. Il y a tendance à l'amélioration des engins, à l'emploi de la vapeur comme force motrice du travail et même de la locomotion des bateaux. Mais tous nos marins perdent un temps précieux par l'obligation d'attendre la marée pour l'entrée ou pour la sortie du port. Quand il existera un port en eau profonde, abordable à toute heure, l'industrie de la pêche prendra un accroissement dont on peut se faire une idée, non point en établissant des chiffres présents, qu'on pourrait contester, mais en disant ceci :

Il y aura un gain de 6 heures par marée, 12 heures par jour, soit un voyage possible en plus par jour, quand les pêches se font sur nos côtes, pour approvisionner les marchés de marée fraîche. Ce que cela peut produire, c'est à certaines époques favorables, et pendant le carême, les veilles de vendredis, le *double des opérations.*

Le port, tel qu'il est projeté, avec les tarifs proposés, admis par la Chambre de commerce de Boulogne, sera, on n'en peut douter, très-fréquenté par les pêcheurs pour y apporter le produit de leur pêche et l'expédier par les voies rapides. Ils n'hésiteront pas à acquitter les droits d'accostage aux quais, que la Compagnie du nouveau port a intérêt à abaisser le plus possible, puisqu'ils feront dans le même laps de temps un plus grand nombre de voyages et qu'ils retireront de leur pêche un prix plus rémunérateur.

La meilleure preuve qu'on puisse donner de cette hypothèse est ce qui se pratique depuis que le service de remorquage à vapeur est organisé dans notre port. Nos marins en usent fréquemment, quoiqu'il leur en coûte 20 francs en moyenne.

On peut donc affirmer que le nouveau port sera très-souvent et préférablement choisi à l'ancien pour les opérations de la pêche. Nos marins y trouveront également sécurité et refuge en cas de gros temps. Le port d'Audresselles offrirait-il tous ces avantages ? Il ne pourra en aucun cas suppléer le port projeté à Châtillon qui seul doit être exécuté pour protéger et développer le commerce et l'industrie de notre Ville.

Le Comité de Pêche est unanime à déclarer que les pêcheurs ne pourront faire aucun usage du port d'Audresselles tant au point de vue topographique qu'au regard des ventes, lesquelles sont impossibles loin des nombreux ateliers de salaisons créés à Boulogne.

On a parlé d'ensablements ! Nos marins ne les redoutent pas : l'expérience du passé garantit l'avenir. Si, contrairement à l'opinion des hommes de mer pratiques, il s'en produisait, la Compagnie a pris des engagements qui doivent rassurer contre cette éventualité.

Faut-il, en prévision de faits éventuels, problématiques, sacrifier le présent, renoncer à des avantages incontestables non-seulement au regard de la *pêche*, mais à celui des opérations de transit et du *Commerce international ?*

Boulogne-sur-mer, *le* 16 *Décembre* 1873.

POUR LE *Comité de Pêche*, QUI A DÉCIDÉ, A L'UNANIMITÉ, LE DÉPÔT DE CE DIRE,

Le Président,

A. VIDOR.

IV. RAPPORT A LA COMMISSION D'ENQUÊTE
Par M. HURET-LAGACHE, *Secrétaire.*

Délibération de cette Commission
[27 Décembre 1873]

MESSIEURS,

Ainsi que le constatent les procès-verbaux des séances que la Commission a tenues les 27 et 28 novembre, 15 et 26 décembre, vous avez fait une étude approfondie des nombreux documents produits par l'Enquête. Le Rapport que vous m'avez fait l'honneur de me demander, ne peut plus être qu'un résumé très rapide des propositions principales que ces documents ont discutées.

L'impression qui s'en dégage est que le projet de création d'un nouveau port en eau profonde, au Sud-Ouest de celui de Boulogne, est une conception digne de toutes les sympathies de notre Gouvernement.

Elle est, en effet, essentiellement française par ses origines et par son but.

Elle fait disparaître les insuffisances notoires du port actuel, aux différents points de vue — du commerce général de la France, — du transit des voyageurs et des marchandises, — de l'industrie de la pêche à laquelle ce port est appelé à rendre de grands services, — des relations internationales dont il doit rester l'un des meilleurs instruments.

Elle créera ici le grand commerce maritime : celui qui, s'alimentant aux pays mêmes de production, met dans les conditions les plus avantageuses leurs produits à la disposition de l'industrie qui les transforme.

Elle activera notre cabotage.

Elle doublera peut être les apports déjà si considérables de notre pêche locale, au grand profit de l'alimentation publique et de l'abaissement du prix des denrées les plus nécessaires à l'existence.

Elle secondera puissamment notre pays dans sa lutte industrielle et commerciale avec les concurrences étrangères.

Le port qu'il s'agit de créer servira de refuge aux plus grands navires de commerce en péril dans le détroit.

Il dotera, si l'État veut tirer parti de sa situation, notre flotte militaire d'une station facile à aborder, d'une tenue très sûre.

Tels sont les avantages généraux que l'Enquête a mis en lumière : ils nous paraissent indiscutables.

Si nous voulons juger le projet dans ses détails les plus essentiels, en le prenant au dernier état où il s'est produit devant nous, les seules questions capitales qui se présentent sont celles-ci :

1º Est-il sérieusement à craindre que les ouvrages, à construire à la mer pour la constitution du nouveau port, déterminent, dans un temps donné, de tels ensablements qu'ils barrent sa propre entrée, ferment le port ancien, et modifient, au préjudice de la navigation, tout le régime de la plage au Nord-Ouest de Boulogne ?

2º Existe-t-il des moyens sûrs de mettre obstacle à ces envahissements ?

3º Si ces moyens sont coûteux, la Compagnie qui sollicite la concession aura-t-elle des ressources suffisantes pour les employer toujours ? Présente-t-elle à cet égard des garanties suffisantes ?

Sur la *première question* l'on peut et l'on doit répondre :

Si l'imagination nous représente les sables apportés du large dans les violentes tempêtes, ou soulevés par le vent sur les plages momentanément asséchées, comme s'arrêtant aux jetées construites au Sud-Ouest du nouveau port, marchant d'années en années vers leur extrémité, puis les contournant pour s'amonceler et former banc à l'entrée du chenal du port nouveau, allant même barrer celle du port ancien, elle nous fait aussi voir à l'instant :

— Que cette marche, nécessairement fort lente, ne peut amener le résultat indiqué que dans une très longue série d'années, durant lesquelles le port nouveau n'en aura pas moins rendu tous les services qu'avec raison l'on attend de lui ;

— Qu'arrivés à l'extrémité des jetées, ces sables, rencontrant des eaux profondes et un courant d'une certaine puissance, seront probablement entraînés au loin, et empêchés de se fixer dans le voisinage des musoirs ;

— Que l'auteur du projet, Mr Liddell, quelles que fussent ses convictions personnelles de l'innocuité des sables, ne voulant pas même laisser prise au doute sur cette objection, dès qu'il l'a vu se produire, a immédiatement modifié ses plans et suivi les excellents conseils de M. Legros, Ingénieur en chef des Ponts-et-Chaussées ;

— Qu'à la jetée à pertuis restreints il a substitué une jetée dans laquelle seront ouverts des pertuis larges et nombreux, à travers lesquels les sables apportés par les flots, seront recueillis dans une fosse spéciale, puis enlevés à la drague et utilisés pour les immenses terrassements que la Compagnie aura intérêt à exécuter ;

— Que cette fosse d'emmagasinement sera séparée de l'intérieur du nouveau port par une digue qui le protégera contre le ressac.

C'est ce que montre nettement le nouveau plan que Mr Liddell nous a soumis.

C'est ici que revient la *seconde question* que nous nous sommes posée : la Compagnie offre-t-elle des garanties suffisantes sous le rapport de sa puissance financière ?

La Commission nautique, à notre avis, en a mal jugé.

Si le capital primitif de la Compagnie, 7,500,000 francs, est insuffisant, elle le peut augmenter par l'émission d'actions nouvelles. Elle peut très-facilement accroître ses ressources soit par la négociation d'obligations qu'elle créerait, soit par des subsides directs que lui consentiraient les deux Compagnies du *South-Eastern* et du *London Chatham and Dover Railways*, lesquelles réunies tiennent la clef du détroit et ne se la laisseront pas enlever.

Or, la puissance de ces Compagnies est considérable.

Leur capital est de 972 millions.

Leurs produits kilométriques annuels dépassent de beaucoup ceux du réseau du Nord français.

Elles vont établir de nouveaux embranchements qui les augmenteront encore.

Leur crédit en Angleterre est illimité.

La situation de fortune et la valeur des hommes qui sont à la tête de la Compagnie spéciale du nouveau port, et dont plusieurs sont les directeurs des deux lignes anglaises qui vont être ses actionnaires principaux, présentent, de plus, des garanties morales dont on peut trouver ailleurs l'équivalent, mais qui ne sont guère dépassées nulle part.

Les craintes énoncées de désertion possible de l'entreprise devenue onéreuse ne sont donc pas fondées.

Je pourrais, il me semble, Messieurs, m'en tenir là. Je veux cependant vous rappeler encore :

Que les conditions principales de la concession demandée ont été jugées très équitables. En effet, un doute qui pouvait naître des termes de la demande s'est dissipé dès la première réunion de notre Commission. Il a été reconnu par M. Liddell que la possession perpétuelle ne s'appliquerait qu'aux magasins, entrepôts, maisons privées, hôtels, et autres constructions analogues que la Compagnie pourrait faire sur les terrains empris par elle sur la mer; mais que les quais, les jetées, les digues de défense du nouveau port, les bassins à flot et docks établis ultérieurement, les écluses de jonction de ces bassins avec ceux du port ou celui actuel, seraient considérés comme des accessoires du port lui-même, et feraient gratuitement, comme lui, retour à l'Etat à l'expiration de la période de quatre-vingt-dix-neuf ans.

Vous avez pris acte de cette interprétation, au devant de laquelle a été le loyal représentant de la Compagnie.

Quant au tarif des perceptions que les demandeurs en concession se proposent de faire, vous avez vu, par la délibération de la Chambre de commerce de Boulogne, que cette Institution les juge très-modérées.

Comme c'est à elle surtout qu'il appartient d'en

connaître, nous pouvons accepter, en toute sécurité, un jugement qu'elle a d'ailleurs motivé. Il convient, toutefois, que la Commission s'associe aux réserves que cette Chambre a faites en faveur des bateaux pêcheurs qui entreront dans le nouveau port et y feront des opérations soit de vente de leur pêche, soit d'armement, d'embarquement d'ustensiles et de victuailles ; et je crois devoir vous demander d'en décider ainsi.

Par ces différents motifs, j'aurai, Messieurs, l'honneur de vous proposer de libeller votre avis dans les termes qui suivent :

LA COMMISSION D'ENQUÊTE,

« Vu la demande formée par une Société Anglo-Française, en autorisation de créer au Sud-Ouest du port de Boulogne un port nouveau en eau profonde ;

» Vu toutes les pièces composant le dossier de l'enquête ouverte par l'arrêté préfectoral du 13 octobre dernier ;

» Vu les dires inscrits ou joints au procès-verbal de cette enquête ;

» Vu spécialement les délibérations des Chambres de commerce d'Arras, de Boulogne, de Calais et de St-Omer, la délibération du Conseil municipal de Boulogne, le dire du Comité des Armateurs de pêche de cette Ville ;

» Considérant que la création dans le détroit d'un nouveau port, rendu par les ouvrages qui le constitueront accessible, même de vive eau, à toutes les heures et dans tous les états de la marée, a un caractère manifeste d'utilité publique, ce qui d'ailleurs n'est contesté par personne ;

» Que le choix fait, pour l'emplacement de ce nouveau port, de la plage de Châtillon, assez voisine du port actuel de Boulogne pour que ses communications avec la gare soient promptes et faciles, et pour que ses ouvrages se relient un jour au bassin à flot, est des plus heureux, en ce qu'il conserve à Boulogne sa position, plusieurs fois séculaire, de ville de passage et de transit, de laquelle elle ne peut être déshéritée sans injustice, quand il n'y a pas nécessité absolue de prendre un tel parti ;

» Que de l'aveu de tous, l'entrée du port actuel, protégée par les nouveaux ouvrages, sera de beaucoup améliorée ; ce qui ne peut que profiter au Commerce et à l'État ;

» Considérant que les travaux projetés tant pour constituer le nouveau port, que pour donner à son chenal et à ses quais d'accostage les profondeurs utiles, semblent parfaitement conçus ;

» Que non-seulement les navires tirant moins de cinq mètres d'eau y pourront entrer à toute heure de basse mer de vive eau ; mais qu'après 2 à 3 heures de flot, ce port pourra donner accès aux plus forts navires du commerce, même à de puissants bâtiments de la flotte militaire ; et que les uns et les autres y pourront accéder ;

» Considérant que le nouveau plan produit devant elle par l'Ingénieur de la Compagnie demanderesse, M. Charles Liddell, résout de la façon la plus rassurante le problème des ensablements ;

» Considérant qu'il n'est pas démontré que le nouveau plan et l'admission du système des jetées et de digues établies au Sud-Ouest avec de nombreux et larges pertuis, impose à la Compagnie une charge plus lourde d'entretien ; qu'au contraire il est certain que les dispositions prises rendront les opérations de dragage plus faciles et moins onéreuses ;

» Considérant que la puissance financière de la Compagnie concessionnaire et de celle des Compagnies anglaises de chemins de fer et de navigation du détroit qui seront ses principaux actionnaires et ses auxiliaires obligés, présente pour la bonne exécution des ouvrages, pour leur entretien, pour le maintien constant des profondeurs promises, pour tous les engagements contractés, des garanties aussi complètes qu'on le puisse désirer ;

» Que l'honorabilité des représentants de la Compagnie qui stipulent en son nom suffit à dissiper toute appréhension à cet égard ;

» Considérant que les conditions de la concession sont d'ailleurs très-équitables ;

» Que la stipulation du droit de rachat, à toutes les époques de la période de quatre-vingt-dix-neuf ans, du port lui-même et de tous les ouvrages accessoires qui le constitueront et le compléteront, tels que ses quais, ses jetées, ses digues, ses bassins à flot et docks à quais couverts, ses écluses de jonction avec les bassins intérieurs et autres travaux analogues, suffit à la sauvegarde des intérêts de l'État ;

» Que le droit d'expropriation pour cause d'utilité publique, toujours ouvert, suffit en outre à la défense des intérêts supérieurs auxquels la concession perpétuelle des terrains réservés par la Compagnie pourrait un jour préjudicier ;

» Considérant encore que le tarif des perceptions que la Compagnie a l'intention d'opérer pour l'indemniser de ses dépenses et assurer l'amortissement des capitaux qu'elle y engagera, en leur servant un intérêt annuel satisfaisant, a été jugé très-modéré et parfaitement en rapport avec la nature des services qu'il doit rétribuer ; qu'il suffit à cet égard, comme à celui de l'intérêt de la pêche maritime de s'associer aux vœux et réserves exprimés tant par la Chambre de commerce que par le Comité des armateurs et par le Conseil municipal de Boulogne ;

» Considérant enfin, que le nouveau port est visiblement appelé à rendre les plus grands services au commerce général de la France ; — qu'il prendra sa grande part dans les énergiques moyens d'action qu'il est urgent de mettre en œuvre pour lutter avec avantage contre les ports étrangers et les lignes étrangères (lesquels convoitent le transit, dont notre position par rapport à l'Angleterre et aux états voisins devrait cependant nous assurer en grande partie le monopole) ; surtout si aux constructions projetées par la Compagnie Anglo-Française l'Etat ajoute une jetée qui, suivant les plans soumis à la Commission, formera une rade de refuge en avant de Boulogne,

Exprime à l'unanimité l'avis :

Que la concession et l'autorisation demandées sont d'utilité publique, et doivent être accordées ;

Que les moyens présentés par la Compagnie demanderesse pour réaliser son projet, modifiés dans le sens indiqué au Rapport qui précède, sont parfaitement étudiés et bien appropriés à leur but.

LA COMMISSION,

Lecture entendue du Rapport et du projet de résolution qui viennent de lui être soumis,

En adopte à l'unanimité les termes et conclusions,

Et prie son Président de vouloir bien transmettre son avis, avec le dossier entier, à Monsieur le Préfet du Pas-de-Calais.

Ainsi fait et arrêté en séance, le 27 Décembre 1873.

Les Président et Membres de la Commission :

(SUIVENT LES SIGNATURES.)

V. EXTRAIT D'UNE DÉLIBÉRATION DE LA CHAMBRE
DE COMMERCE DE DOUAI

Président et Rapporteur : M. C. GIROUD

[19 Février 1874]

. . . .

Les intérêts de sa circonscription commandent à notre Chambre d'exprimer son avis. Pour former son opinion, votre Commission a voulu connaître celle des populations les plus intéressées et des gens spéciaux.

Elles peuvent se résumer ainsi :

— Sur la nécessité de créer dans la Manche au sud du cap Gris-Nez et dans son voisinage, une rade ou port en eau profonde, l'assentiment est unanime.

Il cesse de l'être quant au point à choisir.

Le Conseil municipal de Boulogne, faisant sien le projet du port de Châtillon, en a établi, dans une délibération fortement motivée, les avantages, les nécessités d'ordre politique, militaire, commercial et nautique.

Entre les considérations diverses que ce document lumineux fait valoir, votre Commission a particulièrement remarqué celle-ci :

La nécessité de créer sur nos côtes un port rival de celui d'Anvers, disposé de façon à faire transiter par la France avec avantage pour le commerce une partie des marchandises que les régions centrales et orientales de l'Europe reçoivent incessamment de ce port. C'est un vaste courant d'affaires, dont il faut s'efforcer de détourner à notre profit le limon fécondant.

La création du port de Châtillon n'est pas exclusive d'ailleurs, il faut le remarquer, de la création à l'est de Calais de la gare maritime proposée par M. Dupuy de Lôme. Ces deux établissements correspondant à des besoins qui ne sont pas identiques, se compléteraient l'un l'autre. C'est ce que comprennent parfaitement les principaux intéressés, les villes et les Chambres de commerce de Boulogne et de Calais. D'accord pour les demander, elles le sont aussi pour combattre le projet d'Audresselles.

C'est en 1869 que les frères Waring, chefs d'une puissante

maison anglaise, proposèrent au Gouvernement français d'établir sur ce point, à leurs frais, un port en eau profonde. Ils le demandent encore.

Ce port, s'il arrivait jamais à la prospérité que lui promettent ses futurs fondateurs, causerait, *ipso facto*, la ruine des ports voisins de Boulogne et de Calais.

C'est une première et grave objection contre la création du port d'Audresselles. Il n'est ni sage, ni juste en effet, de compromettre les intérêts respectables de deux cités importantes, si aucune nécessité d'ordre supérieur ne le commande ; si, au contraire, les besoins auxquels il faut pourvoir peuvent être satisfaits en servant ces intérêts mêmes.

Audresselles, il est vrai, est un des points du continent les plus rapprochés de l'Angleterre, l'eau y est profonde ; mais la côte est mauvaise, et la mer y déferle par les vents du ouest-sud-ouest, très-fréquents dans ces parages, et soufflant avec une violence affreuse. Aussi des objections très-nombreuses contre le projet se sont-elles produites dans l'enquête. Elles émanent de gens de mer, capitaines de navire, pilotes, maîtres au cabotage, fréquentant ces rivages, les connaissant bien, généralement unanimes pour signaler la mauvaise situation comme point de refuge et même les dangers de la rade projetée d'Audresselles, et pour reconnaître la supériorité à cet égard, comme à bien d'autres, du port de Châtillon.

Votre Commission, Messieurs, croit les considérations qui précèdent suffisantes pour édifier la Chambre sur les mérites respectifs des trois établissements maritimes en projet. Elle a, en conséquence, l'honneur de lui proposer de recommander aux pouvoirs publics :

1°. Le rejet du projet des frères Waring (port d'Audresselles) ;

2°. L'établissement simultané de la gare maritime de Calais et du port de Châtillon ; en exigeant, si faire se peut, de la Compagnie concessionnaire de ce dernier port, tout au moins dans une de ses parties, une profondeur d'eau suffisante pour en permettre l'accès, à toute heure de marée, aux navires de l'État de haut-bord.

Le Rapporteur,

Signé : C. GIROUD.

Après en avoir délibéré, la Chambre donne son approbation

au rapport de sa Commission entière et décide que copie en sera adressée :

1º. A Monsieur le Ministre de l'Agriculture et du Commerce ;
2º. A Monsieur le Ministre des Travaux publics ;
3º. A Monsieur le Préfet du Nord ;
4º. A Monsieur le Maire de Boulogne ;
5º. Aux Chambres de Commerce de Boulogne et de Calais.

Pour copie conforme :

Le Président,

C. GIROUD.

HAUTEURS D'EAU, EN MÈTRES ET CENTIMÈTRES, AU-DESSOUS DU NIVEAU DES BASSES MERS DE VIVES EAUX D'ÉQUINOXE, *les plus basses mers connues.*

[Direction prise : *le Fanal de la Jetée Sud-Ouest et le Dôme de l'Église Notre-Dame,* qui est celle que suivent le plus habituellement les navires, par ce qu'elle leur permet, à l'entrée, de longer le musoir du Sud-Ouest. — Point de départ pour la mesure des distances, ce même musoir.]

Dates des Sondages	Distances auxquelles les sondages ont eu lieu et moyenne des résultats obtenus											
	250m	300m	350m	400m	450m	500m	550m	600m	650m	700m	750m	800m
1860-1865	0m00	0m25	0m50	0m90	1m30	1m50	2m00	2m50	3m20	»	»	»
6 Avril 1869	0.11	0.29	0.58	0.66	1.84	2.12	2.20	»	»	»	»	»
22 Juin 1870	0.00	0.00	0.00	0.16	1.64	1.33	2.42	2.81	3.38	3.53	3.66	3.85
23 Juillet 1870	0.00	0.00	0.00	0.11	0.69	1.28	2.17	2.85	3.13	3.41	3.59	3.67
1er Octobre 1873	0.00	0.00	0.31	0.60	0.89	1.27	1.94	2.63	2.82	3.20	3.20	3.20

TABLE DE CET ÉCRIT

NOTICE

ANNEXES

BOULOGNE-SUR-MER

TYPOGRAPHIE ET LITHOGRAPHIE SIMONNAIRE & Cie.

5, Rue des Religieuses-Anglaises, 5

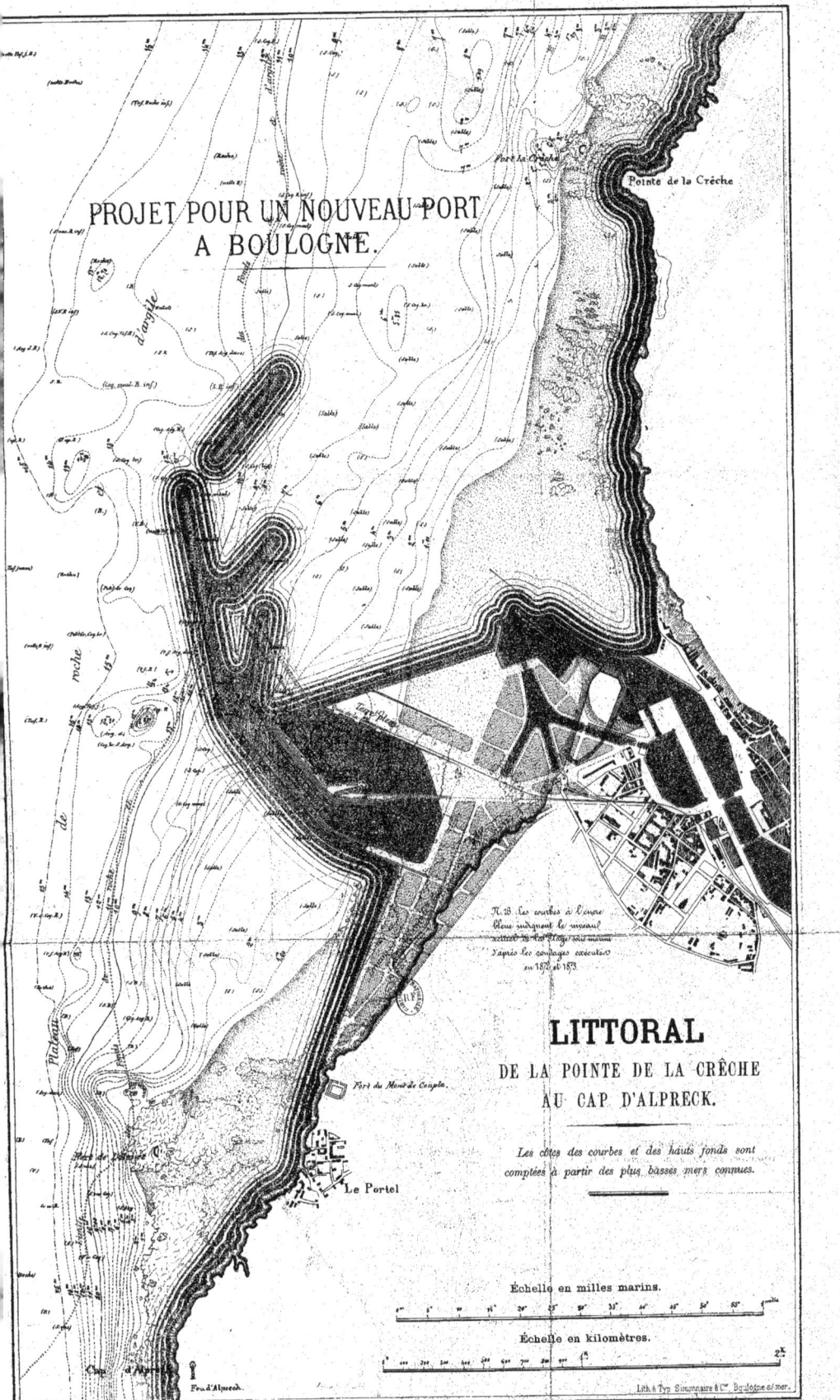

PROJET POUR UN NOUVEAU PORT
A BOULOGNE.

Pointe de la Crèche

N.B. Les courbes à l'encre
bleue indiquent le niveau
actuel de la plage sous marine
d'après les sondages exécutés
en 1872 et 1873.

Fort du Mont de Couple

Le Portel

LITTORAL
DE LA POINTE DE LA CRÊCHE
AU CAP D'ALPRECK.

Les côtes des courbes et des hauts fonds sont
comptées à partir des plus basses mers connues.

Échelle en milles marins.

Échelle en kilomètres.

Cap d'Alprech.

Fou d'Alprech.

Lith. & Typ. Simonnaire & Cie, Boulogne s/mer.

www.ingramcontent.com/pod-product-compliance
Lightning Source LLC
Chambersburg PA
CBHW060439260626

47161CB00005B/1989